Lauf, wenn du kannst

LISA
GARDNER

Lauf, wenn du kannst

Deutsch von Karin Dufner

Weltbild

Originaltitel: *Alone*
Originalverlag: *Bantam Books*

Besuchen Sie uns im Internet:
www.weltbild.de

Weltbild Buchverlag – Originalausgaben –
Deutsche Erstausgabe 2006

Published by arrangement with Lisa Gardner, Inc.
Dieses Werk wurde im Auftrag der Agentur Jane Rotrosen, New York, NY, USA, vermittelt durch die Literarische Agentur Thomas Schlück GmbH, 30827 Garbsen

Projektleitung: Dr. Ulrike Strerath-Bolz
Übersetzung: Karin Dufner
Redaktion: Ingola Lammers
Umschlag: Hauptmann & Kompanie Werbeagentur GmbH, Zürich
Umschlagabbildung: George Simhoni / Masterfile
Satz: Andrea Göttler
Druck und Bindung: Bagel Roto-Offset GmbH & Co.KG,
Gewerbegebiet Sachsen-Anhalt Süd, Kirchweg, 06721 Schleinitz

Gedruckt auf chlorfrei gebleichtem Papier

Printed in Germany

ISBN 3-89897-325-5

1

In der Nacht, als der Anruf kam, hatte er schon eine Fünfzehn-Stunden-Schicht hinter sich. Auf der 93 waren zu viele ungeduldige Fahrer unterwegs, was dazu führte, dass es immer wieder knallte. Die Bäume ragten kahl in den Himmel, die Tage waren kurz, und Weihnachten rückte bedrohlich näher. Außerdem war es lausig kalt. Die unbeschwerte Geselligkeit sommerlicher Grillabende gehörte nun endgültig der Vergangenheit an, und man wanderte wieder allein durch die stillen Straßen der Stadt, wo mürbes Laub raschelnd über die vereisten Gehwege wehte.

Anders als seine Kollegen, die meist über die kurzen, grauen Tage im Februar jammerten, verabscheute Bobby Dodge besonders den November, und die letzten Stunden hatten nicht eben dazu beigetragen, ihn vom Gegenteil zu überzeugen.

Seine Schicht hatte mit einem unbedeutenden Blechschaden angefangen, gefolgt von zwei weiteren Auffahrunfällen, verursacht von Gaffern, die in nördlicher Richtung unterwegs waren. Vier Stunden Formularkram später hatte Bobby eigentlich geglaubt, das Schlimmste ausgestanden zu haben. Doch dann, am frühen Nachmittag, einer Zeit, zu der selbst auf der für ihre Staus berüchtigten 93 normalerweise kaum Verkehr herrschte, waren fünf Wagen ineinander gerast, weil ein Taxifahrer versucht hatte, mit überhöhter Geschwindigkeit gleich vier Spuren auf einmal zu überqueren, was ein gestresster Werbemanager in einem Hummer nicht auf sich sitzen lassen wollte. Der Hummer hatte

den Aufprall weggesteckt wie ein echter Boxweltmeister, während das angerostete Taxi k.o. ging und gleich drei weitere Autos mit ins Verderben riss. Bobby verständigte vier Abschleppunternehmen, fertigte eine Unfallskizze an und nahm schließlich den Werbemanager fest, denn inzwischen hatte sich herausgestellt, dass sich der Mann das mittägliche Geschäftsessen mit ein paar Martinis versüßt hatte.

Eine Festnahme wegen Alkohols am Steuer bedeutete weitere Formulare und außerdem eine Fahrt zum Revier in South Boston (inzwischen mitten im Berufsverkehr, wenn sich niemand mehr, nicht einmal unter dem Auge des Gesetzes, an die Vorfahrtsregeln hielt) und nicht zuletzt eine heftige Auseinandersetzung mit dem Werbemanager selbst, der sich der Gefangennahme widersetzte.

Der Werbemanager war etwa fünfundzwanzig Kilo schwerer als Bobby, verwechselte wie viele Männer, die es mit einem kleineren Gegner zu tun haben, Körpergröße mit kräftemäßiger Überlegenheit und missachtete zudem sämtliche Warnsignale. Nachdem er sich mit der rechten Hand am Türstock festgeklammert hatte, ließ er sich mit seinem ganzen Gewicht nach hinten fallen, offenbar in der Absicht, seinen zarter gebauten Begleiter einfach umzurempeln. Allerdings hatte er seine weitere Vorgehensweise nicht bedacht, da es schlichtweg unmöglich war, so mir nichts, dir nichts aus einem Revier zu fliehen, in dem es von bewaffneten Polizisten nur so wimmelte. Jedenfalls duckte sich Bobby nach links, streckte den Fuß aus und sah seelenruhig zu, wie der übergewichtige Manager unsanft auf dem Boden landete. Das beeindruckende Gepolter ließ einige Kollegen innehalten, um die kostenlose Darbietung mit einem Applaus zu würdigen.

»Wir sehen uns vor dem Richter, du Arschloch!«, brüllte

der betrunkene Manager. »Ich verklage dich, deinen Vorgesetzten und den ganzen beschissenen Staat Massachusetts. Mir gehört dieser Laden. Hast du kapiert? Ich hole mir deine gottverdammte Dienstmarke.«

Bobby zerrte den dicken Mann auf die Füße. Der Werbemanager stieß einen weiteren Schwall von Verwünschungen aus, vermutlich deshalb, weil Bobby ihn in den Daumen kniff. Dann schubste Bobby den Mann in die Arrestzelle und knallte die Tür zu.

»Wenn Sie kotzen müssen, benützen Sie bitte die Toilette«, teilte Bobby ihm mit, weil der Mann inzwischen eine leicht grünliche Gesichtsfarbe angenommen hatte.

Der Werbemanager zeigte ihm den Stinkefinger. Im nächsten Moment krümmte er sich zusammen und erbrach sich auf den Fußboden.

Bobby schüttelte den Kopf. »Reicher Schnösel«, murmelte er.

Manche Tage konnte man eben vergessen. Vor allem im November.

Inzwischen war es kurz nach zehn Uhr abends. Der Werbemanager war von seinem überteuerten Anwalt mit einer Kaution freigekauft worden, und die Zelle war mittlerweile gereinigt. Bobbys Schicht, die um sieben Uhr morgens begonnen hatte, war endlich vorbei. Eigentlich hätte er jetzt nach Hause fahren sollen. Susan anrufen. Dafür sorgen, dass er eine Mütze voll Schlaf bekam, bevor um fünf wieder der Wecker klingelte und das ganze Vergnügen von vorne anfing.

Stattdessen jedoch fühlte er sich merkwürdig zappelig und von einer inneren Nervosität getrieben. Und dabei galt er doch sonst als Inbegriff von Ruhe, Vernunft und Gelassenheit.

Also ging Bobby nicht nach Hause, sondern vertauschte die Uniform mit Jeans und einem Flanellhemd und machte sich auf den Weg in seine Stammkneipe.

Im Boston Beer Garden saßen vierzehn Männer am rechteckigen Tresen, rauchten ihre Zigaretten, ein Glas frisch gezapftes Bier vor sich, und stierten in die Fernseher mit Plasmabildschirm. Bobby nickte ein paar Bekannten zu, winkte Carl, den Barmann, heran und ließ sich dann, ein Stück entfernt von den anderen, auf einem Barhocker nieder. Carrie brachte ihm wie immer eine Portion Nachos, Carl servierte ihm persönlich die Cola.

»Langer Tag, Bobby?«

»Dasselbe wie immer.«

»Kommt Susan auch noch?«

»Sie hat Probe.«

»Ach ja, das Konzert. In zwei Wochen, richtig?« Carl schüttelte den Kopf. »Schön und begabt. Eins sage ich dir, Bobby, bei der könnte ich schwach werden.«

»Lass das nur nicht Martha hören«, erwiderte Bobby. »Nachdem ich deine Frau beim Bierfass-Schleppen gesehen habe, möchte ich lieber gar nicht wissen, was sie so alles mit einem Nudelholz anstellen könnte.«

»Bei meiner Martha werde ich auch schwach«, beteuerte Carl. »Ansonsten müsste ich nämlich um mein Leben fürchten.«

Carl überließ Bobby seiner Cola und den Nachos. Im Fernseher über dem Tresen meldeten die Nachrichten gerade, in Revere sei es zu einer Krisensituation gekommen. Ein schwer bewaffneter Verdächtiger habe sich in seinem Haus verschanzt und zuvor wahllos auf seine Nachbarn geschossen. Inzwischen habe die Bostoner Polizei ein Sondereinsatzkommando hingeschickt, denn »man wolle kein Risiko eingehen«.

Ja, der November war wirklich ein seltsamer Monat. Die Menschen waren gereizt und wussten ihrem Grauen vor dem bevorstehenden trüben Winter nichts entgegenzusetzen. Selbst Kerle wie Bobby hatten ihre liebe Not, sich nicht von dieser Stimmung anstecken zu lassen.

Bobby verspeiste seine Nachos und leerte das Colaglas. Dann bezahlte er. Gerade hatte er es geschafft, sich zu überreden, dass es das Beste war, nach Hause zu fahren, als an seinem Gürtel plötzlich der Piepser losging. Nachdem er rasch den Text auf der Anzeige gelesen hatte, hastete er zur Tür.

Es war ein scheußlicher Tag gewesen. Und nun sah es ganz danach aus, als wäre er noch lange nicht zu Ende.

Auch Catherine Rose Gagnon war nicht unbedingt eine Freundin des Monats November, selbst wenn ihr Problem eigentlich schon im Oktober angefangen hatte. Am 22. Oktober 1980, um genau zu sein.

Die Luft war warm, und die Sonne hauchte ihr einen heißen Kuss aufs Gesicht, als sie von der Schule nach Hause ging. Sie hatte ihre Bücher im Arm und trug ihre eigens für den Schulanfang gekaufte Lieblingskombination, bestehend aus braunen Kniestrümpfen, einem dunkelbraunen Kordrock und einem langärmeligen goldgelben Oberteil.

Von hinten näherte sich ein Auto. Zunächst fiel es ihr gar nicht auf, doch dann bemerkte sie aus den Augenwinkeln, dass der blaue Chevy im Schritttempo neben ihr herfuhr. Eine Männerstimme: »Hallo, Kleine, kannst du mir vielleicht helfen? Ich suche einen entlaufenen Hund.« Und dann gab es nichts mehr als Schmerzen, Blut und erstickte Schreie. Tränen, die ihr über die Wangen liefen. Ihre Zähne, wie sie sich in ihre Unterlippe gruben. Gefolgt von endloser Leere.

Später sagte man ihr, es wären achtundzwanzig Tage gewesen. Doch während es andauerte, hatte Catherine nicht die geringste Möglichkeit, das festzustellen. In der Dunkelheit gab es keine Zeit, nur eine Einsamkeit, die sich bis in alle Ewigkeit zu erstrecken schien. Kälte und Totenstille, nur davon unterbrochen, wenn er wiederkam. Aber wenigstens geschah dann endlich etwas. Denn es war das Nichts, der nicht abreißen wollende Strom des Nichts, der einen Menschen in den Wahnsinn treiben konnte.

Jäger fanden sie. Am 18. November. Sie bemerkten die Abdeckung aus Sperrholz, stießen mit ihren Gewehren dagegen und hörten zu ihrem Schrecken leise Rufe. Die stolzen Retter befreiten Catherine aus ihrem eins zwanzig mal eins achtzig großen unterirdischen Gefängnis und entließen sie in die frische Herbstluft. Sie sah die Fotos von sich in der Zeitung: gewaltige dunkelblaue Augen, ihr Kopf gleich einem Totenschädel, ihr Körper mager und zusammengekrümmt, sodass er an eine kleine braune Fledermaus erinnerte, die grob ins grelle Sonnenlicht gezerrt worden war.

Die Zeitungen bezeichneten Catherine als »Thanksgiving-Wunder«. Ihre Eltern nahmen sie mit nach Hause. Nachbarn und Verwandte gaben sich die Klinke in die Hand und wiederholten unablässig Sätze wie: »Oh, Gott sei Dank!« und »Gerade noch rechtzeitig vor den Feiertagen!« und »Ach, ist es zu fassen ... !«

Catherine saß nur da und ließ die Gespräche über sich hinwegbranden. Heimlich stibitzte sie Essen von den übervollen Tellern und steckte es in ihre Kleidertaschen. Den Kopf hielt sie gesenkt, die Schultern hatte sie bis zu den Ohren hochgezogen. Sie war noch immer die kleine Fledermaus, und aus unerklärlichen Gründen empfand sie das Licht als aufdringlich.

Weitere Polizisten erschienen. Sie berichtete ihnen von dem Mann und dem Auto. Dann zeigte man ihr Fotos. Sie deutete auf eines. Später – nach Tagen oder Wochen, spielte das eine Rolle? – wurde sie zum Polizeirevier gebracht, betrachtete eine Reihe nebeneinander stehender Männer und deutete feierlich noch einmal mit dem Finger.

Sechs Monate später wurde Richard Umbrio vor Gericht

gestellt. Und drei Wochen nach Prozessbeginn trat Catherine in einem schlichten blauen Kleid und polierten Lackschuhen in den Zeugenstand. Ein letztes Mal deutete sie mit dem Finger, und Richard Umbrio wurde für den Rest seines Lebens weggesperrt.

Catherine Rose kehrte mit ihren Eltern nach Hause zurück. Sie aß kaum etwas. Viel lieber steckte sie die Lebensmittel in die Tasche oder hielt sie einfach in der Hand. Sie schlief auch nicht viel, sondern lag in der Dunkelheit, während ihre blinden Fledermausaugen nach etwas suchten, das sie nicht beim Namen nennen konnte. Oft hielt sie sich ganz ruhig, um festzustellen, ob sie atmen konnte, ohne ein Geräusch zu machen.

Manchmal stand ihre Mutter in der Tür, die unruhig zitternden bleichen Hände vor das Schlüsselbein haltend. Nach einer Weile hörte Catherine ihren Vater dann über den Flur hallen. Komm ins Bett, Louise. Sie ruft dich schon, wenn sie dich braucht. Aber Catherine rief nie.

Die Jahre vergingen. Catherine wurde erwachsen, hielt ihre Schultern wieder gerade, ließ sich die Haare wachsen und stellte fest, dass sie eine dunkle und sinnliche Schönheit besaß, die Männer mitten im Gehen innehalten ließ. Sie hatte weiße Haut, schimmerndes schwarzes Haar und riesige dunkelblaue Augen. Die Männer verzehrten sich nach ihr. Und Catherine nutzte sie skrupellos aus. Es war nicht ihre Schuld. Und die Männer konnten auch nichts dafür. Catherine hatte einfach keine Gefühle.

Ihre Mutter starb 1994. Krebs. Bei der Beerdigung stand Catherine am Grab und versuchte zu weinen. Aber ihr Körper war ausgedörrt, und ihre Schluchzer klangen hohl und unecht. Sie ging nach Hause in ihre kahle Wohnung und versuchte, nicht mehr daran zu denken. Doch manchmal, aus heiterem Himmel, sah sie ihre Mutter

wieder in der Tür ihres Zimmers stehen. »Komm ins Bett, Louise. Sie ruft dich schon, wenn sie dich braucht.«
Hallo, Kleine ... ich suche einen entlaufenen Hund.

November 1998. Das »Thanksgiving-Wunder« lag nackt und zusammengekrümmt in der weißen Porzellanwanne. Ihr abgemagerter Körper zitterte vor Kälte, und ihre Faust umklammerte das Rasiermesser. Etwas Schreckliches würde geschehen. Eine Dunkelheit, die alles bisher Dagewesene übertraf.
Komm ins Bett, Louise. Sie ruft dich schon, wenn sie dich braucht.
Hallo, Kleine ... Ich suche einen entlaufenen Hund.
Die Klinge, so schlank und leicht in ihrer Hand. Das Gefühl, wie ihre Kante das Handgelenk küsste, so als gehöre das warme, rote Blut, das über ihre Haut rann, einer anderen. Dann läutete das Telefon. Ein einziger Anruf rettete ihr das Leben. Wieder ein »Thanksgiving-Wunder«.

Sie erinnerte sich. Im Hintergrund plärrte der Fernseher: Ein bewaffneter Verdächtiger hat sich in seinem Haus verschanzt, nachdem er mehrfach auf seine Nachbarn geschossen hatte. Ein Sprecher des Bostoner Sondereinsatzkommandos bezeichnete die Lage als höchst brisant und äußerst gefährlich.
Ihr Sohn schluchzte in ihren Armen: »Mommy, Mommy, Mommy.«
Und von unten brüllte ihr Mann: »Ich weiß, was du da treibst, Cat! Für wie blöd hältst du mich eigentlich? Aber es wird nicht klappen. Damit kommst du nicht durch!«
Jimmy stürmte die Treppe hinauf zum Schlafzimmer.
Das Telefon hatte Catherine schon einmal gerettet. Nun betete sie, dass es wieder funktionieren würde. »Hallo, hallo, spricht hier die Polizei? Können Sie mich hören? Es geht um meinen Mann. Ich glaube, er hat eine Waffe.«

2

Seit mittlerweile sechs Jahren gehörte Bobby der Spezialeinheit »Special Tactics and Operations (STOP)« bei der Staatspolizei von Massachusetts an. Mindestens drei Mal im Monat – und grundsätzlich an jedem gottverdammten Feiertag – wurde er alarmiert und war mittlerweile ziemlich sicher, dass ihn nichts mehr überraschen konnte. Doch heute sollte sich das als Irrtum entpuppen.

Er raste durch die Straßen von Boston, bog mit quietschenden Reifen nach rechts in die Park Street ein und fuhr in Richtung der mit einer goldenen Kuppel versehenen Staatskanzlei. Sein Streifenwagen sauste nach links in die Beacon Street und passierte in Windeseile die Common Street und den Public Garden. In letzter Minute hätte er sich fast noch verfahren, indem er die Arlington Street zur Marlborough Street nahm. Dann jedoch erinnerte er sich, dass die Marlborough Street eine Einbahnstraße war, allerdings in die falsche Richtung. Also trat er wie jeder gute Straßenrambo auf die Bremse, riss das Steuer herum und drückte kräftig auf die Hupe, während er drei Spuren überquerte, um auf der Beacon Street zu bleiben. Nun bestand sein größtes Problem nur noch darin, die richtige Straßenkreuzung zur Marlborough Street zu finden. Die Lösung war, einfach auf die weiß gleißenden Scheinwerfer und die roten Blinklichter des Krankenwagens zuzufahren.

Als Bobby die Ecke Marlborough Street und Gloucester Street erreichte, stürmte eine Unzahl von Eindrücken auf ihn ein. Der winzige Häuserblock im Herzen von

Back Bay wurde bereits von blauen Absperrböcken und Streifenwagen der Bostoner Polizei abgeriegelt. An einigen der Backsteinhäuser prangte gelbes Absperrband, und uniformierte Polizisten hatten Posten bezogen. Inzwischen war ein Krankenwagen eingetroffen, gefolgt von einigen Übertragungswagen der Lokalsender.

Die Ereignisse waren in vollem Gange.

Bobby parkte seinen Crown Vic vor einem blauen Absperrbock, sprang aus dem Wagen und eilte zum Kofferraum, in dem sich alles befand, was ein gut ausgebildeter Scharfschütze der Polizei brauchte, um mitzumischen. Gewehr, Zielfernrohr, schwarzer Kampfanzug, Tarn-Kampfanzug für Stadteinsätze, Sturmhaube, kugelsichere Weste, Kleider zum Wechseln, etwas Essbares, Wasser, eine Gürteltasche, Nachtsichtgerät, Fernglas, Entfernungsmesser, Gesichtsschminke, Schweizer Messer und Taschenlampe. Während gewöhnliche städtische Polizisten im Kofferraum höchstens ihren Ersatzreifen aufbewahrten, konnte ein Angehöriger der Staatspolizei nötigenfalls einen Monat lang in seinem Streifenwagen leben.

Bobby schulterte seinen Rucksack und machte sich daran, die Lage zu sondieren.

Im Gegensatz zu anderen Sondereinsatzkommandos traf Bobbys Mannschaft nie im Pulk ein. Die Einheit bestand aus zweiunddreißig Männern, die verstreut in ganz Massachusetts, angefangen von Cape Code bis zu den Ausläufern des Berkshire-Gebirges, lebten. Die Zentrale befand sich in Adams, Massachusetts, im Westen des Bundesstaates, wo Bobbys Lieutenant den Anruf von Framingham Communications entgegengenommen und dann entschieden hatte, einen Einsatz durchzuführen.

Da es in diesem Fall um einen Mann ging, der sich in seinem eigenen Haus verschanzt und Geiseln genommen hatte, waren alle zweiunddreißig Mitglieder des

Teams verständigt worden – und es würden auch alle kommen. Bei einigen würde die Anreise drei bis vier Stunden dauern. Andere, so wie Bobby, konnten in knappen fünfzehn Minuten vor Ort sein. Bobbys Vorgesetzter war stolz darauf, dass er in weniger als einer Stunde mindestens fünf Mitarbeiter an jedem beliebigen Ort innerhalb des Bundesstaates zusammenrufen konnte.

Als Bobby sich nun umsah, kam er zu dem Schluss, dass er der erste dieser fünf Mitarbeiter war. Also war Beeilung angesagt.

Die meisten Sondereinsatzkommandos waren in drei Teams organisiert. Eins stürmte den Tatort, das zweite sicherte die Umgebung ab, und das dritte bestand aus Scharfschützen. Nachdem der Tatort umzingelt war, nahmen die Scharfschützen ringsum ihre Positionen ein. Zu ihren Aufgaben gehörte auch die Erkundung, indem sie durch das Zielfernrohr oder ein Fernglas die Situation ausspähten und per Funk Einzelheiten, die das Gebäude oder die sich darin befindlichen Personen betrafen, an die Einsatzleitung weitermeldeten. Währenddessen bereitete sich das Sturmteam auf ein Eingreifen als letzte Möglichkeit vor: Falls es dem Geiselbefreiungsspezialisten nicht gelang, die Täter durch Verhandlungen zum Aufgeben zu bewegen, wurde gestürmt, was immer eine unschöne Angelegenheit war. Alle beteten, dass es nicht dazu kommen würde, doch manchmal ließ es sich nicht vermeiden.

Die Mitglieder von Bobbys STOP-Einheit waren für alle drei Bereiche ausgebildet, ohne sich auf eine Position zu spezialisieren. Da sie stets einzeln eintrafen und flexibel einsetzbar waren, konnten sie loslegen, sobald ihre Füße den Boden berührten. Bobby war zwar einer der Scharfschützen seiner Mannschaft, hatte im Moment jedoch andere Pläne.

Das erste Ziel war es, den inneren Umkreis abzusichern. Das war der Bereich, von dem aus man Blick auf den Tatort hatte. Für eine taktische Einheit bedeutete ein brauchbarer innerer Umkreis bereits die halbe Miete, da man den Tatort so überwachen und abriegeln konnte. Dazu waren mindestens zwei Männer nötig, die an gegenüberliegenden Ecken Posten bezogen und die Diagonalen beobachteten.

Allerdings war Bobby allein. Er sah sich nach Verstärkung um. Da drei weitere Streifenwagen der Staatspolizei auf der anderen Straßenseite parkten, war davon auszugehen, dass sich weitere Mitglieder seiner Einheit in der Nähe befanden. Dann bemerkte er den weißen Transporter, der als Kommandozentrale diente, und lief darauf zu.

»Bobby Dodge, Staatspolizei«, verkündete er, als er fünf Sekunden später in den Transporter kletterte, seinen Rucksack abstellte und eine Hand ausstreckte.

»Lieutenant Jachrimo.« Der Einsatzleiter schüttelte seine Hand kräftig, aber rasch. Der Lieutenant mit dem schmalen Gesicht gehörte nicht der Staatspolizei, sondern der Polizei von Boston an, was Bobby nicht weiter überraschte, da der Tatort in den Zuständigkeitsbereich dieser Behörde fiel. Außerdem würde es bis zur Ankunft des Kommandanten der Staatspolizei noch ungefähr zwei Stunden dauern. Bobby wäre eine Zusammenarbeit mit seinem eigenen Lieutenant zwar lieber gewesen, aber er hatte gelernt, gute Miene zum bösen Spiel zu machen – natürlich nur bis zu einem gewissen Grad.

Jachrimo hatte eine weiße Tafel vor sich und zeichnete ein Gantt-Diagramm in die obere linke Ecke. »Position?«, wollte er von Bobby wissen.

»Scharfschütze.«

»Können Sie einen Umkreis absichern?«

»Ja, Sir.«

»Ausgezeichnet.« Lieutenant Jachrimo wandte sich kurz von seiner Tafel ab, steckte den Kopf aus dem Transporter und rief einem Uniformierten der Bostoner Polizei etwas zu. »Hallo, Sie da drüben. Ich brauche eine Verbindung zur Telefongesellschaft. Verstanden? Also funken Sie die Zentrale an, und lassen Sie sich die verdammte Telefongesellschaft geben, denn in diesem Transporter funktioniert rein gar nichts. Eine Kommandozentrale, in der die Technik streikt, bringt uns nicht weiter. Kapiert?«

Der Uniformierte rannte los, und ein gehetzter Jachrimo drehte sich wieder zu Bobby um. »Also, was wissen Sie?«

»Verbarrikadierung im eigenen Haus, männlicher Verdächtiger, vermutlich hat er eine Schusswaffe, Ehefrau und Kind ebenfalls im Gebäude«, wiederholte Bobby die Nachricht, die er auf seinem Piepser vorgefunden hatte.

»Der Verdächtige heißt Jimmy Gagnon. Klingelt da was bei Ihnen?«

Bobby schüttelte den Kopf.

»Schon gut.« Jachrimo war mit seinem Gantt-Diagramm fertig und begann, auf der unteren Hälfte der Tafel einen Grundriss des Viertels zu skizzieren. »Die Lage ist wie folgt: Eine Frau hat kurz nach halb zwölf die Polizei alarmiert und sich als Catherine Gagnon, Jimmys Ehefrau, vorgestellt. Sie sagte, ihr Mann sei betrunken und bedrohe sie und ihren Sohn mit einer Pistole. Die Telefonistin hat versucht, sie in der Leitung zu halten, aber es gab irgendeine Störung, und die Verbindung wurde unterbrochen. Etwa sechzig Sekunden später erfolgte der Anruf eines Nachbarn, der eine Schießerei meldete. Der Anruf ging in der Zentrale ein, aber unsere Jungs waren bereits zu einem Einsatz in Revere ausgerückt. Also habe ich ihn zu Framingham Communications weitergeleitet, die wiederum Ihren Lieutenant verständigt haben. Ihre Einheit soll die Vorhut bilden, vielleicht für den ganzen Einsatz, möglicherweise auch nur, bis unsere Jungs mit der Sache in Revere fertig sind. Keine Ahnung. Momentan wird der äußere Umkreis von uniformierten Kollegen gesichert. Hier, hier und hier sind Männer positioniert, und dort und dort stehen Autos, um die angrenzenden Straßen zu sperren.« Rasch markierte Jachrimo einige Stellen in seiner Skizze mit einem X, um zu zeigen, dass eine Zeile der Backsteinhäuser von dem umliegenden Stadtviertel abgeriegelt war.

»Die Gagnons bewohnen die oberen vier Etagen des Hauses Nummer 415. Die Wohnung darunter sowie die beiden Nachbarhäuser wurden bereits von uniformierten Kollegen geräumt. Bis jetzt haben wir noch keinen Kontakt mit einem der Bewohner, was mir offen gestanden gar nicht gefällt. Wenn es nach mir ginge, hätten wir den inneren Umkreis schon vor zehn Minuten gesichert. Außerdem müssten die Geiselnahmespezialisten bereits seit acht Minuten hier sein. Aber Pünktlichkeit ist eben eine Marotte von mir.«

»Wie sieht es mit Personal aus?«

»Die Staatspolizisten Fusilli, Adams und Maroni sind schon hier. Momentan beobachten sie das Gebäude und versuchen, einen möglichst engen Kreis darum zu ziehen und vielleicht sogar ins Haus einzudringen. Ich habe einen Beamten damit beauftragt, die Baupläne zu besorgen, und einen anderen angewiesen, die Telefongesellschaft zu erreichen.«

»Was meinen die Nachbarn?«

»Laut Aussage des Besitzers der Erdgeschosswohnung haben die Gagnons in den letzten fünf Jahren umfassende Renovierungsarbeiten durchgeführt. Die oberste Etage des Hauses wurde entfernt, sodass die dritte nun eine zwei Stockwerke hohe Decke hat. Das Schlafzimmer soll eine Wucht sein und einen eigenen Balkon haben. Im Erdgeschoss befinden sich eine kleine Zwei-

zimmerwohnung und die Eingangshalle mit einem Aufzug, der in den ersten Stock zur Eingangstür der Gagnons führt. Außerdem gibt es eine Treppe, über die man sämtliche Etagen des Hauses erreicht. Der Keller wurde zu einer Dreizimmerwohnung ausgebaut. Das Paar, das dort wohnt, haben wir ebenfalls evakuiert, aber sie konnten uns nicht viel sagen. Sie haben keine Ahnung, ob im Haus versteckte Nischen, Feuertreppen oder Ähnliches existieren. Doch da es ein altes Haus ist, müssen wir mit einigen Überraschungen rechnen.
Offenbar leben die Gagnons ziemlich zurückgezogen, und falls sie je eine Party veranstaltet haben, waren die Nachbarn nicht eingeladen. Außerdem scheint sich das Paar häufig zu streiten, denn wir wurden bereits öfter wegen häuslicher Auseinandersetzungen alarmiert. Allerdings ist heute zum ersten Mal eine Waffe im Spiel, etwas ganz Neues also. Liegt es an ihr? Oder an ihm? Keinen Dunst. Aber am schlimmsten muss es für das Kind sein. Das also wäre der Stand der Dinge.«
Der Lieutenant war genau im richtigen Moment am Ende seiner Ausführungen angelangt, denn die Monteure von der Telefongesellschaft waren nun da. Außerdem war ein weiteres Mitglied von Bobbys Mannschaft eingetroffen.
»Ausgezeichnet«, verkündete der Lieutenant und wies mit dem Finger auf den Neuankömmling. »Sie sichern den inneren Umkreis. Und Sie«, der Finger wanderte zu Bobby, »suchen sich eine gute Position, um etwas über die Vorgänge im Inneren des Hauses zu erfahren. Wo hält sich der Mann auf, wo die Frau und wo das Kind? Und was noch wichtiger ist: Leben sie überhaupt noch? Denn inzwischen ist über eine halbe Stunde vergangen, ohne dass wir etwas gehört haben.«

Bobby verließ die Kommandozentrale und lief los. Nun hatte er einen Auftrag und musste einige Entscheidungen treffen, die er rasch in Gedanken durchging. Erstens war da die Frage nach der richtigen Ausrüstung. Er griff nach der Tarnkleidung für die Stadt, einem Kampfanzug in verschiedenen Grautönen. Schwarze Kleidung hätte sich zu deutlich vom Hintergrund abgehoben, während Tarnfarben dem Auge den Eindruck von Tiefe vermittelten und es dem Träger gestatteten, mit seiner Umgebung zu verschmelzen.

Über den Kampfanzug zog er eine kugelsichere Weste. Die übrigen Mitglieder seines Teams würden Kevlar-Westen mit Borplatten tragen, doch diese schwere Schutzkleidung war zu unhandlich für einen Scharfschützen. Bobby musste sich schnell bewegen und gleichzeitig für mehrere Stunden am Stück in einer unbequemen Körperhaltung verharren können, weshalb eine einfache Schutzweste und ein Helm genügten.

Als Nächstes waren Gewehr, Zielfernrohr und Munition an der Reihe. Bobby schulterte sein Sig Sauer 3000 und wählte dann ein Leupold 3-9 X 50mm variables Zielfernrohr. Es war bereits auf eine Entfernung von einhundert Metern justiert, die Standardeinstellung für Polizeischarfschützen, im Gegensatz zu Scharfschützen beim Militär, für die eine Einstellung von fünfhundert Metern galt. Allerdings liefen Soldaten auch in grünen Kampfanzügen herum und durften durch Sümpfe robben. Bei Bobby ging es nur selten so aufregend zu.

Kurz überlegte Bobby, ob er ein Nachtsichtgerät mitnehmen sollte, verzichtete aber darauf, da die Gegend so hell erleuchtet war wie beim Feuerwerk am 4. Juli.

Also blieb nur noch die Munition. Er entschied sich für zwei verschiedene Sorten: Federal Match Grade .308 Remington 168-Grain-Patronen und Federal Match Grade .308 Remington 165-Grain-Spitzgeschosse. Die 168-Grain-Patronen waren Standardausrüstung, während sich die 165-Grain-Geschosse besser zum Durchschießen von Glasscheiben eigneten. Angesichts dessen, dass die Nacht kalt und das fragliche Haus dicht verrammelt war, würde er mit einem Spitzgeschoss in der Kammer anfangen. Wer nur einen Schuss frei hatte, durfte sich nicht auf Experimente einlassen.

Anschließend verstaute Bobby drei Wasserflaschen, zwei Energieriegel, eine Gürteltasche, das Fernglas und einen Entfernungsmesser in seinem Rucksack, klappte den Kofferraum zu und drehte sich rasch zur Straße um. Nun hatte er alles beisammen. Er musste nur noch die richtige Position finden.

Back Bay war ein altes und wohlhabendes Viertel von Boston. Die hohen, schmalen Backsteingebäude wurden von Torbögen aus Granit, schmiedeeisernen Balkonen und gewaltigen Panoramafenstern geziert. Die großen, prachtvollen Bäume, die im Sommer angenehmen Schatten spendeten, ragten wie Skelette in den Himmel und wölbten ihre kahlen Zweige über Luxusautos der Marken BMW, Saab und Mercedes. Im Schein der Polizeiflutlichter sah man, wie sich blattloser Efeu, grauen Adern gleich, die Backsteinmauern hinaufrankte und sich liebevoll um kunstvoll verschnörkelte Fensterrahmen schmiegte. Es war eine wunderschöne Häuserzeile, prächtig, ein wenig abweisend und von dezenter Eleganz.

Und wenn Bobby sich sein ganzes Leben lang krumm geschuftet hätte, sein Geld hätte trotzdem nicht gereicht, um in dieser Straße auch nur zu parken, geschweige denn, um hier zu wohnen. Komisch, dass manche Leute scheinbar derart vom Glück verwöhnt waren und trotzdem eine Schraube locker hatten.

Er kam zu dem Schluss, dass die Entfernung zum Problem werden konnte. Die Backsteinhäuser standen Seite an Seite in der nur knapp fünfzig Meter langen Straße. Auch den Winkel durfte Bobby nicht außer Acht lassen.

Wenn dieser nämlich fünfundvierzig Grad überstieg, beeinträchtigte das die Treffsicherheit. Das fragliche Gebäude war offenbar vier Stockwerke hoch und verfügte außerdem über eine Souterrainwohnung. Allerdings hatte der Einsatzleiter erklärt, die vierte Etage sei zum Großteil entfernt worden, um dem Schlafzimmer im dritten Stock eine doppelt hohe Decke einzuziehen.
Die Beschreibung deckte sich mit dem, was Bobby nun sah – grelle Lichter im dritten Stock, wo sich ein Balkon mit einem kunstvoll gestalteten schmiedeeisernen Gitter befand.
Er überquerte die Straße, um bessere Sicht zu haben. Die Abstände zwischen den Stäben des Balkongeländers betrugen etwa zehn Zentimeter. Kein Problem, denn schließlich trainierte er jeden Monat, um auf drei Zentimeter genau zu treffen. Nur der Winkel bereitete ihm weiter Kopfzerbrechen. In einer geraden Linie durch eine zehn Zentimeter breite Lücke zu schießen, war ein Kinderspiel, doch aus einem Aufwärts- oder Abwärtswinkel von mehr als dreißig Grad konnte es kritisch werden.
Bobby kam zu dem Schluss, dass er sich eine erhöhte Position suchen musste.
Er betrachtete das dreistöckige Gebäude unmittelbar gegenüber vom Haus der Gagnons, und kurz darauf klopfte er lautstark an die Tür. Obwohl Lieutenant Jachrimo ihm erklärt hatte, das Haus sei bereits von uniformierten Kollegen geräumt worden, war Bobby nicht überrascht, als ein munter dreinblickender älterer Herr in einem dunkelgrünen Morgenmantel die alte Holztür aufriss. Ihn erstaunte immer wieder aufs Neue, wie viele Leute sich weigerten, ihre Häuser im Stich zu lassen, selbst wenn diese von schwer bewaffneten Männern umzingelt waren.
»Hallo«, sagte der Mann. »Sind Sie Polizist? Ich habe Ih-

rem Kollegen nämlich schon mitgeteilt, dass ich nicht gehen werde.«

»Ich muss in die oberste Etage«, erwiderte Bobby.

»Ist das ein Gewehr?«

»Sir, es handelt sich hier um einen Polizeieinsatz. Ich muss in die oberste Etage.«

»Einverstanden. Ganz oben befindet sich das Schlafzimmer. Oooh.« Die Augen des Mannes weiteten sich. »Jetzt verstehe ich. Mein Balkon ist gleich gegenüber von dem der Gagnons. Bestimmt sind Sie ein Scharfschütze. Oooh. Darf ich Ihnen etwas anbieten?«

»Ich will nur in die oberste Etage. Und zwar schnell.«

Der Mann wollte Bobby unbedingt einen Gefallen tun. Er hieße George Harlow und sei Unternehmensberater, erklärte er seinem Besucher, als er ihn rasch die geschwungene Haupttreppe hinaufführte. Normalerweise sei er fast immer unterwegs. Reines Pech, dass er ausgerechnet heute Abend zu Hause gewesen sei, um Bobby die Tür zu öffnen. Sein Haus sei zwar kleiner und nicht so elegant wie die anderen, aber dafür gehöre ihm das gesamte Gebäude. Seine Nachbarn, die nur Eigentumswohnungen besäßen, grübelten wie die Besessenen darüber nach, was dieses Einfamilienhaus wohl wert sei. Erst im letzten Monat habe ein Einfamilien-Stadthaus in Back Bay für fast zehn Millionen Dollar den Besitzer gewechselt. Zehn Millionen! Tja, also habe Georges Vater, dieser Versager, ihm doch noch etwas Ordentliches vererbt. Auch wenn die Grundsteuern einen an den Rand des Ruins trieben.

Ob George wohl das Gewehr des Polizisten anfassen dürfe?

Bobby lehnte ab.

Schließlich hatten sie das Schlafzimmer erreicht. Der riesige Raum enthielt kaum Möbel, geschweige denn Bilder an den Wänden. Offenbar reiste der Mann wirklich viel, denn Bobby hatte schon Hotelzimmer mit mehr persönlicher Ausstrahlung gesehen. Die Fassade war verglast. In der Mitte befand sich eine Schiebetür. Ausgezeichnet.

»Licht aus«, befahl er.

Mr Harlow kicherte fast, als er gehorchte.

»Haben Sie einen Tisch für mich? Nichts Wertvolles. Und einen Stuhl.«

Mr Harlow besaß einen Kartentisch. Bobby stellte ihn auf, während sein Gastgeber einen Klappstuhl aus Metall zutage förderte.

Bobbys Atem ging schneller. Lag das am Treppensteigen? Oder an der leider sehr aufregenden Nacht, die nun offiziell begann?

Inzwischen waren seit seinem Eintreffen sechzehn Minuten vergangen. Nicht schlecht, aber auch nicht unbedingt Bestzeit. Mittlerweile waren sicher schon weitere Kollegen hier. Der Radius wurde genau abgesteckt. Bald würde jemand erscheinen, der ihm dabei half, Ausschau zu halten, denn vier Augen sahen mehr als zwei. Dann mussten sie nur noch auf das Verhandlungsteam warten, das Kontakt mit dem Geiselnehmer aufnahm.

Bobby baute sein Sig Sauer auf dem Tisch auf und öffnete die Schiebetür ein kleines Stück, damit die Mündung seines Gewehrs hindurchpasste. Anschließend setzte er sich auf Mr Harlows Metallstuhl, schaltete das an seiner Schutzweste befestigte Funkgerät ein, und begann, in den Sender/Empfänger zu sprechen, der in seinem Ohr steckte und auf die Bewegungen seines Kiefers reagierte.

»Scharfschütze eins meldet sich zum Dienst.«

»Sprechen Sie, Scharfschütze eins«, antwortete Lieutenant Jachrimo.

Bobby spähte durch das Zielfernrohr und lernte nun endlich die Gagnons kennen.

3

Ich sehe den Rücken einer weißen männlichen Person, ungefähr einen Meter achtzig groß, kurzes braunes Haar, dunkelblaues Hemd. Er steht etwa einen Meter zwanzig entfernt von einer Balkontür an der Vorderseite des Gebäudes, die ich als Seite A, dritter Stock, bezeichnen werde. Die Balkontüren haben eine Breite von schätzungsweise einem Meter, gehen nach außen auf und sind die dritte Öffnung in dieser Etage. Die erste Öffnung ist ein doppelflügliges Fenster, etwa fünfundsiebzig Zentimeter breit und zwei Meter hoch. Öffnung vier, Seite A, dritter Stock, ist ein weiteres doppelflügliges Fenster, circa sechzig Zentimeter breit, zwei Meter hoch.«

Während Bobby die dritte Etage der Gagnons in allen Einzelheiten schilderte, behielt er die einsame männliche Person im Auge. Der Mann rührte sich nicht. Beobachtete er jemanden oder suchte er etwas? Da er beide Hände vor dem Leib hielt, konnte Bobby nicht sehen, ob er tatsächlich bewaffnet war.

Mit seinem Fernglas hielt er Ausschau nach der Frau und dem Kind, entdeckte aber nichts.

Bei dem Raum handelte es sich offenbar um ein Schlafzimmer mit einem breiten Doppelbett, das mitten im Zimmer und parallel zur Balkontür stand. Es war ein kunstvoll gestaltetes Möbel aus Schmiedeeisen und mit meterweise weißem Tüll drapiert. Hinter dem Bett bemerkte Bobby eine Reihe weiß lackierter Klapptüren. Vermutlich ein Wandschrank. Links davon befand sich eine Nische, offenbar mit einer weiteren Tür. Elternbad? Sitzecke?

Das Zimmer war groß und bot viele Möglichkeiten, sich zu verstecken. Alles also, um das Leben interessant zu machen.
Vergeblich versuchte Bobby, sein Fernglas so einzustellen, dass er sehen konnte, was sich in der dunklen Nische links verbarg. Als er den Blick rasch über die anderen erleuchteten Fenster des Hauses gleiten ließ, war von weiteren Bewohnern nichts zu erkennen.
Wo also waren Frau und Kind? Versteckt in den Falten des auf dem Bett drapierten Stoffes? Verkrochen sie sich im Wandschrank? Oder lagen sie tot auf dem Boden?
Bobby spürte, wie sich ihm vor Anspannung der Magen zusammenkrampfte, und er zwang sich, ruhig durchzuatmen. Konzentrier dich. Lebe im Moment, ohne dich auf ihn einzulassen. Bewahre Abstand.
Kennst du den Unterschied zwischen einem Schützen und einem Scharfschützen? Ein Schütze hat einen Puls, ein Scharfschütze nicht.
Bobby machte sich auf eine lange Wartezeit gefasst. Er stellte die Stützvorrichtung optimal ein, schob den Schaft seines Gewehrs in die Verankerung, bis die Höhe stimmte, rutschte mit dem Stuhl so zurück, dass er sich auf den Tisch lehnen konnte, und stemmte den Gewehrkolben fest gegen die Schulter. Als er mit der Position zufrieden war und sich die Waffe stramm, aber bequem an ihn schmiegte, als gehörte sie zu seinem Körper und wäre so etwas wie ein dritter Arm, beugte er sich vor, bis er den Schaft mit der Wange berührte und sein Auge so genau durch das Zielfernrohr spähte, dass das Fadenkreuz die ganze Welt zu erfassen schien. Er konnte alles sehen und alles treffen.
Noch einmal musterte er die männliche Person, die inzwischen über den Rand des schmiedeeisernen Bettes blickte.
Bobby legte ein Spitzgeschoss ein und richtete das Fa-

denkreuz langsam auf den Hinterkopf des Mannes. Sein Atem ging flach, sein Puls war ruhig. Seine Hand zitterte nicht, als er auf den Mann anlegte.
Scharfschützen der Polizei wurden nur für eines ausgebildet, nämlich einen Verdächtigen, der möglicherweise den Finger am Abzug hat, mit einem einzigen Schuss schachmatt zu setzen. Monatelang hatte Bobby geübt, den Hirnstamm eines Menschen zu durchtrennen.
Er war zufrieden mit seiner Position. Der Winkel war gut, die Entfernung zu bewältigen. Eine minimale Ablenkung durch die Scheibe der Balkontür musste er zwar einberechnen, doch die 165-Grain-Munition war dieser Aufgabe gewachsen. Da die Zielperson sich nicht bewegte, brauchte er sich keine Gedanken über Abweichungen zu machen, und auf diese geringe Distanz konnte er Wind und Wetterbedingungen vernachlässigen.
Er nahm das Auge vom Zielfernrohr, wobei er darauf achtete, die Position der Waffe nicht zu verändern, machte mit der rechten Hand Eintragungen in sein Logbuch und notierte Munitionstyp, Einstellung des Zielfernrohrs und Informationen zur aktuellen Lage. Dann griff er nach dem Fernglas, mit dem man ein breiteres Gesichtsfeld hatte, und beobachtete weiter die Situation, ohne dabei die Waffe zu bewegen.
Der Mann war einige Schritte auf das Fußende des Bettes zugetreten. Bobby spürte, wie sich Anspannung aufbaute und auf den Höhepunkt zusteuerte. Zunächst konnte er sich dieses Gefühl nicht erklären, doch kurz darauf erhielt er die Antwort.
Es lag an der Körperhaltung des Mannes. Seine Schultern waren gereckt, das Kinn vorgeschoben und die Beine leicht gespreizt. Eine Herrscherpose. Offenbar versuchte der Mann, sich aufzuplustern, um größer und stärker zu wirken. Bobby wäre jede Wette eingegangen, dass das Gesicht des Mannes, das er nicht sehen konnte, zu

einer hasserfüllten Grimasse verzerrt und rot vor Wut war. Erneut hielt Bobby Ausschau nach der Frau und dem Kind, aber wieder vergeblich. Allerdings befanden sich die beiden eindeutig im Raum, da der Mann sonst nicht in dieser Haltung verharrt hätte. Bobby war neugierig, welches Gesicht er gerade machte.
Da sich im Moment nichts tat, begann er, seinem Team die Lage im Haus zu schildern. Der üblichen Vorgehensweise entsprechend, bezeichnete er die Seiten des Backsteinhauses mit den Buchstaben A, B, C und D. Da die Nachbarhäuser jedoch von rechts, links und hinten unmittelbar an das fragliche Gebäude angrenzten, blieb nur die Vorderseite A übrig. Anschließend nummerierte er jede Etage von null bis vier und zusätzlich den Keller. Und zu guter Letzt beschrieb er jede Öffnung in der Fassade A, hielt fest, ob es sich um ein Fenster oder eine Tür handelte, gab die jeweilige Größe an und nummerierte sie von links nach rechts, beginnend mit der Nummer eins.
Das Ergebnis war eine einheitliche Schilderung, anhand derer sich alle orientieren konnten. Der Mann stand also vor der Balkontür, Seite A, dritter Stock, Öffnung drei, was sich im Eifer des Gefechts auch mit A-drei-drei abkürzen ließ. Auf diese Weise sparte man sich die Debatte, von welcher Position aus betrachtet nun links oder rechts gemeint war. Drei knappe Koordinaten, und jeder war im Bilde.
Nachdem der Grundriss auf diese Weise festgelegt war, führte Bobby seine eigene Überprüfung durch und hielt Ausschau nach Merkmalen, die ihm aufgrund seiner jahrelangen Berufserfahrung wichtig erschienen. Wies das Haus Anzeichen von Vorbereitungen auf? Verbarrikadierte Türen? Mit Brettern vernagelte Fenster? Wollte jemand verhindern, dass sein Treiben von außen beobachtet wurde? Heruntergezogene Jalousien? In den Weg gerückte Möbelstücke? Vorbereitungen waren nämlich

ein Warnsignal. Ebenso wie durch die Fenster abgegebene Schüsse oder offene Gewaltandrohungen.
Bis jetzt war alles ruhig geblieben. Im gesamten Haus war bis auf die männliche Person, einen Meter zwanzig entfernt von der Balkontür, niemand zu sehen. A-drei-drei. Bobby senkte das Fernglas und beobachtete den Raum durch das Zielfernrohr seines Gewehrs.
Durch die offene Schiebetür drang ein eisiger Wind herein, sodass ihm die Kälte ins Gesicht schlug und seine Finger steif wurden. Wenn sein Kollege eintraf, würde er ihn bitten, die Schiebetür zu schließen, aber dicht davor sitzen bleiben, um sie nötigenfalls sofort wieder öffnen zu können. Im Moment war es noch auszuhalten. Sein Atem ging regelmäßig, seine Muskeln waren entspannt. Er hatte sein Gleichgewicht gefunden. Ruhig, aber bereit. Aufmerksam, aber locker. Wer sparsam zielt, trifft selten daneben. Er dachte nicht einmal mehr an den Kartentisch, den kalten Novemberwind oder an den sensationslüsternen Mr Harlow, der noch immer hinter ihm auf der Schwelle stand.
Bald würden die Geiselnahmespezialisten erscheinen, den Verdächtigen anrufen und versuchen, eine friedliche Lösung zu finden. Wenn noch niemand zu Schaden gekommen war, würde es der Unterhändler vermutlich schaffen, den Mann zu überreden, sofort aufzugeben, solange ihm nichts weiter als Gesichtsverlust drohte. War die Familie jedoch verletzt oder sogar tot, wurde es schon schwieriger. Doch das Krisenmanagement-Team bestand aus fähigen Leuten. Erst im letzten Jahr war Bobby Zeuge geworden, wie der Chefunterhändler, Al Hanson, drei entflohene Sträflinge dazu gebracht hatte, sich kampflos zu ergeben, und dies, obwohl allen drei Verbrechern eine lebenslange Haftstrafe bevorstand, sodass sie bei einer Schießerei nichts mehr zu verlieren gehabt hätten.

Anschließend hatte Bobbys Lieutenant jedem Gefangenen auf die Schulter geklopft und sich aufrichtig für seine Einsicht bedankt.
In Situationen wie diesen brodelten die Beteiligten förmlich vor Adrenalin, Testosteron und Aufgekratztheit. Und dann erschien Bobbys Mannschaft und versuchte, die Lage zu beruhigen. Man dürfe doch nichts überstürzen. Gewalt sei keine Lösung. *Wenn Sie jetzt nicht die Nerven verlieren, wird alles wieder gut.*
Bewegung. Auf der anderen Straßenseite drehte sich der Verdächtige plötzlich um und ging mit zornigen Schritten nach rechts. Endlich konnte Bobby einen kurzen Blick auf eine Pistole erhaschen.
»Weiße männliche Person bewegt sich vor Balkontür A-drei-drei. Offenbar hat er eine Neun-Millimeter-Pistole in der rechten Hand. Weiße weibliche Person«, fügte Bobby dann plötzlich mit einem Anflug von Triumph in der Stimme hinzu. »Langes schwarzes Haar, dunkelrotes Oberteil, scheint hinter dem Bett, etwa fünf Meter entfernt von Balkontür A-drei-drei, zu knien oder zu sitzen. Weißes Kind, dunkles Haar, an weibliche Person gepresst. Klein, circa zwei oder drei Jahre alt.«
Lieutenant Jachrimos Stimme hallte durch den Empfänger. »Bewegen sich die Frau oder das Kind? Irgendwelche Anzeichen von Verletzungen?«
Bobby runzelte die Stirn. Schwer zu sagen. Der Mann, der inzwischen schnell hin und her lief und mit der Pistole herumfuchtelte, versperrte ihm die Sicht. Auf der Suche nach weiteren Einzelheiten richtete Bobby das Zielfernrohr auf die Waffe des Mannes. Aber das war schwierig, weil der Verdächtige einfach nicht stehen blieb. Bobby änderte seine Blickrichtung und versuchte stattdessen, sich in die männliche Person einzufühlen. Wie hielt er die Waffe? Wie ging er im Raum umher? Hatte er Erfahrung mit Pistolen? Oder war er

ein aufgebrachter Laie? Das war ebenfalls schwer festzustellen.
Als der Mann nach rechts schwenkte, bemerkte Bobby, dass die Frau etwas rief. Das Kind – einen Jungen? – hielt sie fest an sich gedrückt. Es hatte das Gesicht an ihre Brust geschmiegt, und sie hielt ihm die Ohren zu.
Die Situation schaukelte sich offenbar hoch. Und zwar so plötzlich, dass Bobby nicht feststellen konnte, was die Konfrontation ausgelöst hatte. Auf einmal brüllte der Mann. Durch das Zielfernrohr erkannte Bobby, dass ihm der Speichel aus dem Mund sprühte und dass die Muskeln an seinem Hals hervortraten. Es war ein unwirkliches Gefühl, Zeuge eines solchen Wutausbruchs zu werden, ohne einen Mucks zu hören.
Die Frau stand auf, das Kind noch immer vor die Brust gedrückt. Inzwischen hatte sie aufgehört, zu schreien, und schien eine Entscheidung gefällt zu haben. Während der Mann weiter tobte, sah sie ihn einfach nur an. Unvermittelt zielte der Mann auf den Kopf der Frau und streckte die linke Hand aus, als fordere er sie auf, ihm das Kind zu übergeben.
»Männliche Person bedroht weibliche Person mit Waffe«, hörte Bobby sich selbst melden. »Männliche Person zielt mit der Waffe ...«
Die Waffe weiter auf den Kopf der Frau gerichtet, umrundete der Mann mit schnellen, zornigen Schritten das Bett. Sie schwieg und wich keinen Meter zurück. Im nächsten Moment hatte der Mann sie erreicht und begann unter Wutgebrüll, mit der linken Hand an dem Kind zu zerren.
Der Junge löste sich von der Brust seiner Mutter. Kurz sah Bobby ein kleines, bleiches Gesicht mit dunklen, weit aufgerissenen Augen. Der Kleine stand Todesängste aus.
»Männliche Person hat Kind in ihrer Gewalt. Der Mann stößt das Kind durchs Zimmer.«

Weg von seiner Mutter. Weg von dem, was gleich geschehen würde.

Bobby war zwar voll und ganz bei der Sache, allerdings ohne Beteiligter zu sein. Als er das Zielfernrohr einstellte, geschah das so automatisch wie das Atmen. Er rutschte ein winziges Stück nach links und veränderte dadurch leicht den Winkel, während der Mann seinen Sohn zum Fußende des Bettes schubste und dann wieder auf seine Frau zutrat.

Das Kind verschwand im bauschigen weißen Tüll. Nun waren Mann und Frau, das Ehepaar, allein. Jimmy Gagnon schrie nicht mehr, doch seine Brust hob und senkte sich ruckartig.

Endlich sagte die Frau etwas, und in der von Bobbys Leupold-Zielfernrohr vergrößerten Welt war jedes Wort deutlich von ihren Lippen abzulesen.

»Was nun, Jimmy? Was ist noch übrig?«

Plötzlich lächelte Jimmy, und dieses Lächeln verriet Bobby genau, was gleich geschehen würde.

Jimmy Gagnons Finger krümmte sich um den Abzug. Aber Bobby Dodge, fünfzig Meter entfernt im abgedunkelten Schlafzimmer des Nachbarhauses sitzend, war schneller als er.

Bobbys Atem ging keuchend und stoßweise, und es war, als hätte sich eine unerträgliche Anspannung plötzlich gelöst, sodass sich seine Brust wieder frei anfühlte. Er nahm den Finger vom Abzug und zuckte zurück wie ein Mann, der eine lebendige Klapperschlage wegschleudert. Doch er blickte weiter durch das Zielfernrohr. Er sah, wie die Frau zum Fußende des Bettes stürzte, das Kind in die Arme nahm und den Kopf des Jungen von der ausgestreckten Leiche seines Vaters abwandte.

Einen Moment lang standen Mutter und Sohn, in enger Umarmung und die Gliedmaßen ineinander verschlungen, da. Sie hatte die Wange an seinen Scheitel gepresst. Dann hob die Frau den Kopf, und sie spähte über die Straße in das Fenster ihres Nachbarn. Als ihr Blick auf den von Bobby Dodge traf, spürte er ein Prickeln, das er sich nicht erklären konnte.

»Danke«, flüsterte sie.

Als Bobby vom Tisch aufstand, bemerkte er, dass er ziemlich schwer atmete und sein Gesicht mit Schweiß bedeckt war.

»Du heiliger Strohsack!«, stieß Mr Harlow hervor, der immer noch auf der Türschwelle stand.

Endlich nahm die Umwelt wieder Gestalt an. Schritte hallten. Sirenen heulten. Männer stürmten herbei. Einige hasteten auf die Frau zu, die anderen auf Bobby.

Bobby legte die Hände auf den Rücken, stemmte die Beine in den Boden und wartete ab, wie er es in seiner Ausbildung gelernt hatte. Er hatte seinen Auftrag erledigt. Er hatte einem Menschen das Leben genommen, um einen anderen zu retten.

Und nun würde gleich die Hölle los sein.

4

Das Sturmteam verschaffte sich Zugang zum Haus und fand dort eine männliche Person vor, der inzwischen der halbe Kopf fehlte. Dann trat die Einheit rasch den Rückzug an, denn nun fiel das Haus nicht mehr unter die Zuständigkeit von STOP. Es war ein ganz gewöhnlicher Tatort geworden.

Man verständigte die Staatsanwaltschaft von Suffolk County und holte einen stellvertretenden Bezirksstaatsanwalt aus dem Bett, der wiederum eine Sonderkommission zusammentrommelte und zum Tatort eilte. Bobbys Sig Sauer stellte man als Beweisstück sicher. Die Kollegen aus seiner Einheit wurden sofort getrennt und als Zeugen vernommen.

Inzwischen hatten sich die Journalisten entlang des gelben Absperrbandes versammelt. Im Licht der Fernsehscheinwerfer kämpften die Reporter um die besten Plätze. Bis jetzt hatte die Staatsanwaltschaft alles im Griff. Die Leiche war bereits abtransportiert worden. Bobby saß abgeschirmt in einem Streifenwagen.

Bei diesem Spiel kam es vor allem darauf an, den Kameraleuten möglichst wenig Motive zu bieten. Doch wenn man die Medien am Boden zu lange abwimmelte, würden sie vermutlich bald den Luftraum erobern.

Mittlerweile war Bobbys Lieutenant John Bruni eingetroffen. Er kam zum Streifenwagen.

»Wie geht es Ihnen?«

»So einigermaßen.«

»Solche Situationen sind immer scheußlich.«

»Stimmt.«

»Gleich kommt jemand von der Personalvertretung, der Ihnen Ihre Rechte erklärt und Ihnen auch sonst unter die Arme greift. Sie sind nicht der Erste, dem das passiert, Bobby.«

»Ich weiß.«

»Beantworten Sie nur die Fragen, die Sie beantworten wollen. Wenn es Ihnen zu viel wird, brechen Sie die Vernehmung ab. Die Gewerkschaft stellt Ihnen einen Anwalt, also scheuen Sie sich nicht, einen Rechtsbeistand zu verlangen.«

»Gut.«

»Wir sind für Sie da, Bobby. Einer für alle, alle für einen.«

Bruni musste los, vermutlich um sich mit der Presseabteilung zu besprechen, die sich bald an die Medien wenden würde:

Heute Nacht war ein namentlich nicht genannter Polizeibeamter an einer Schießerei mit tödlichem Ausgang beteiligt.

Die Staatsanwaltschaft hat Ermittlungen aufgenommen. Kein weiterer Kommentar.

Und dann würden die Dinge ihren Lauf nehmen. Bobby hatte das schon einmal erlebt, als ein Kollege bei einer allgemeinen Verkehrskontrolle in einen Hinterhalt geraten war. Zwei männliche Latinos hatten das Feuer auf ihn eröffnet, worauf der Polizist ebenfalls geschossen und einen der Angreifer verwundet und den anderen getötet hatte. Der Kollege war sofort bei vollem Gehalt vom Dienst suspendiert worden, aus dem Revier verschwunden und wie vom Erdboden verschluckt gewesen, während die Journalisten ihm in den Zeitungen den Prozess machten und die Latinogemeinde ihm Rassismus vorwarf. Einen Monat später hatte die Staatsanwaltschaft entschieden, den Fall zu den Akten zu legen – vielleicht hatte es ja geholfen, dass der Beamte selbst einen Steckschuss in den Oberarm abbekommen hatte. Der Presse

jedoch war das einerlei, und ein Bruder des Erschossenen strengte eine Zivilklage gegen den Mann an. Soweit Bobby wusste, hatte er inzwischen einen Prozess am Hals, in dem es um eine Million Dollar ging.
Der Kollege kehrte nie zum Dienst zurück. Und die Mehrheit der Einwohner Bostons hielt ihn vermutlich für einen Rassisten.
War es verwerflich, sich Sorgen um die eigene berufliche Zukunft zu machen, nachdem man gerade einen Menschen getötet hatte? Kreiste er nur um sich selbst? War ein Egoist? Oder war so eine Reaktion ganz normal?
Wieder musste Bobby an die Frau denken. Schlank. Blass. Wie sie das Kind fest an sich gepresst hatte. Danke, hatte sie geflüstert. Er hatte vor ihren Augen und denen ihres Kindes ihren Ehemann erschossen, und sie bedankte sich dafür!
Wieder ein Klopfen ans Fenster. Eigentlich überflüssig, weil die Autotür ohnehin offen war. Als Bobby aufblickte, sah er Patrick Loftus, einen seiner Kollegen.
»Scheußliche Nacht«, sagte Loftus.
»Stimmt.«
»Tut mir leid, dass ich die Show verpasst habe. Bin erst angekommen, als schon alles vorbei war.« Loftus wohnte am Cape, etwa eine Autostunde entfernt. Also war der Schuss schon nach so kurzer Zeit gefallen. Zum ersten Mal wurde Bobby klar, dass er gar nicht wusste, wie spät es war. Er hatte den Anruf erhalten, war in den Wagen gesprungen und hatte sein Gewehr aufgebaut. Inzwischen hatten sich die Ereignisse in seiner Erinnerung bereits in einen Nebel verwandelt, in eine Aneinanderreihung von Handlungen und Reaktionen. Er war gekommen, hatte gesehen und gehandelt. Verdammt, er hatte einen Mann getötet. Genauer gesagt, ihm den Kopf weggepustet.
Danke, hatte die Frau geflüstert. Danke.

Bobby beugte sich aus dem Wagen. »Kameras?«, fragte er mit besorgtem Gesicht.
»Ich versperre ihnen die Sicht.«
»Gut.« Bobby erbrach sich auf die Straße. »Tut mir echt leid«, meinte Loftus leise.
Bobby lehnte sich in den Sitz zurück und schloss die Augen. »Ja«, erwiderte er. »Mir auch.«

Als Nächstes erschienen die Kollegen von der Personalvertretung, die zu seiner Unterstützung ausgerückt waren und ihm die nächsten Schritte erklärten. Zuerst würden die Ermittler von der Staatsanwaltschaft ihn vernehmen, deren Fragen er wahrheitsgemäß, jedoch so knapp wie möglich beantworten sollte. Er habe Anspruch auf einen Anwalt, bezahlt von SPAM, dem Verband der Staatspolizisten von Massachusetts. Außerdem habe er das Recht, die Vernehmung abzubrechen, wenn er sich bedrängt fühlte, sowie das Recht, zu schweigen, um sich nicht selbst zu belasten.
Darüber hinaus solle er sich stets dessen bewusst sein, dass die Vorschriften Gewaltanwendung mit Todesfolge gestatteten, wenn man den Eindruck hatte, dass das eigene Leben oder das einer dritten Person unmittelbar bedroht sei. Diesen wichtigen Punkt dürfe man bei der Vernehmung auf keinen Fall aus den Augen verlieren.
Vermutlich werde die Staatsanwaltschaft mindestens zwei Wochen brauchen, um die Ereignisse zu beurteilen. Man werde Bobbys Gewehr untersuchen und die Mitschnitte seiner Funksprüche an den Kommandoposten analysieren. Am Tatort werde man ballistische Tests durchführen und weiterhin alle Beteiligten, einschließlich Bobbys Kollegen, die Frau, das Kind und den guten alten Mr Harlow befragen.
Am Ende der Ermittlungen würde es im Ermessen der Staatsanwaltschaft liegen, zu entscheiden, ob sie in die-

sem Fall Strafantrag stellen wolle. Wenn der Schuss gerechtfertigt gewesen sei, sei Bobby aus dem Schneider. Es werde eine Pressemitteilung der Polizei und eine der Staatsanwaltschaft geben, und dann könne Bobby seinen Dienst wieder antreten. Beschließe die Staatsanwaltschaft jedoch, Anklage zu erheben ...

Tja, wer wird denn gleich so schwarz sehen.

Ab sofort sei Bobby bei vollem Gehalt vom Dienst suspendiert, und es sei sicherlich sinnvoll, diese Zeit zu nutzen, um die Ereignisse von heute Nacht zu verarbeiten. Vielleicht solle er mit Kollegen reden, die so etwas bereits durchgemacht hatten, das könne die Personalvertretung in die Wege leiten. Möglicherweise habe er ja auch Interesse an einem Kriseninterventionsgespräch mit einem Fachmann. Die Personalvertretung könne ihm da wärmstens einen Psychologen ans Herz legen, und außerdem würde sich das gut in Bobbys Akte machen.

Jemanden zu töten sei auch für einen Polizisten nicht leicht. Je früher er sich damit auseinander setzte, desto schneller könne er wieder zum Alltag übergehen.

Dann waren die Personalvertreter fort, und die Ermittler traten auf den Plan.

Inzwischen war es halb vier Uhr morgens, und Bobby war seit beinahe zweiundzwanzig Stunden auf den Beinen. Er folgte den Ermittlern ins Büro der Staatsanwaltschaft, wo sie sich, dampfende Kaffeetassen vor sich, an einen zerkratzten Holztisch setzten wie alte Kumpels, die ein kleines Pläuschchen halten wollten.

Aber Bobby ließ sich davon nicht täuschen. Jetzt, da die Anspannung plötzlich nachließ, war er völlig erschöpft und hundemüde. Allerdings war und blieb er ein Scharfschütze, ein Mann, der die Welt auf ein Fadenkreuz reduzieren und stundenlang darauf starren konnte.

Die Vernehmung begann.

Wo sei Bobby gewesen, als der Anruf einging? Boston Beer Garden, erwiderte er und verlor sofort ein paar Punkte. Er fügte hinzu, er habe nur Cola getrunken, was der Barmann bestätigen könne, was seinen Stand wieder verbesserte.

Um wie viel Uhr habe er heute mit dem Dienst begonnen? Wann habe seine Schicht geendet? Die Antwort, er sei fünfzehn Stunden lang im Einsatz gewesen, brachte ihm ein Stirnrunzeln ein. Und die Ergänzung, er sei aufgrund seiner Ausbildung an lange Arbeitsstunden gewöhnt, traf auf taube Ohren.

Wie sei er zum Tatort gefahren? Wie lang habe das gedauert? An welche Einzelheiten seines Gesprächs mit Lieutenant Jachrimo könne er sich erinnern? Da sie offenbar versuchten, ihm einen Fehler nachzuweisen, fielen Bobbys Erwiderungen zunehmend kürzer aus. Etwas an der Gesprächsführung, das er nicht richtig zu fassen bekam, erzeugte in ihm ein Gefühl der Bedrohung. Nach einer Weile wechselten die Ermittler zwar das Thema, aber die kollegiale Atmosphäre kühlte sich rapide ab. Die Fragen wurden nun in schärferem Ton gestellt, die Antworten zunehmend auf Widersprüche abgeklopft.

Er musste erklären, wie er sich Zutritt zu Mr Harlows Haus verschafft, wie er den Kartentisch aufgebaut, warum er das Fenster einen Spalt geöffnet und aus welchem Grund er sich für Spitzgeschosse entschieden hatte.

Was hatte er in dem Haus festgestellt? Wen hatte er dort gesehen?

Diese Fragen bereiteten Bobby weniger Kopfzerbrechen. Weiße männliche Person, weiße weibliche Person. Er gab ihnen weder Namen noch eine Identität wie Ehemann, Ehefrau oder Kind, und drückte sich so neutral wie möglich aus. Schließlich hatte er den Mann nicht aus persönlichen Gründen erschossen.

Zu guter Letzt stellten die Ermittler die Frage, die sie wirklich interessierte: Ob Bobby gewusst habe, dass es sich bei dem Opfer um James Gagnon handelte?
Zum ersten Mal zuckte Bobby zusammen.
Opfer. Eine interessante Wortwahl. Offenbar galt der Mann nicht länger als Tatverdächtiger, also als jemand, der seine eigene Frau mit der Waffe bedroht und den Finger um den Abzug gekrümmt hatte. Er war ein Opfer. Bobby überlegte, ob nun der Zeitpunkt gekommen war, einen Anwalt zu verlangen. Doch er entschied sich dagegen.
Stattdessen antwortete er so wahrheitsgemäß wie möglich. Lieutenant Jachrimo habe ihm gesagt, dass sie es aller Wahrscheinlichkeit nach mit der Familie Gagnon zu tun hätten. Allerdings habe er, Bobby, zum Zeitpunkt des Vorfalls hierfür noch keine Bestätigung gehabt.
Die Ermittler lehnten sich zurück. Zufrieden? Argwöhnisch? Das war schwer zu sagen. Dann erkundigten sie sich, ob er die Frau gekannt habe. Persönlich. Privat. Ob er während es Vorfalls mit ihr gesprochen habe?
Nein, erwiderte Bobby.
Nun waren die Haarspaltereien an der Reihe. Warum habe er sich entschlossen, zu schießen? Sei die Anwendung von Gewalt mit Todesfolge vom Einsatzleiter genehmigt worden?
Nein.
Hatte das Opfer Bobby oder einen anderen Polizisten verbal bedroht?
Nein.
Hatte das Opfer seine Frau verbal bedroht?
Nicht, soweit Bobby hören konnte.
Aber das Opfer sei wirklich bewaffnet gewesen?
Ja.
Hat der Mann geschossen?
Es wurden Schüsse gemeldet.

Vor Bobbys Ankunft. Aber was sei danach? Haben Sie selbst gesehen, wie das Opfer die Waffe abgefeuert hat?
Er hat den Finger um den Abzug gekrümmt.
Also hat er doch geschossen?
Ja. Nein. Er wollte schießen. Ich habe geschossen. Alles ging so schnell.
Also hat das Opfer seine Waffe nicht abgefeuert? Ich bin nicht sicher.
Das Opfer könnte auch einfach nur gezielt haben? Das tat es doch schon seit einer Weile.
Der Mann hatte den Finger am Abzug.
Aber hat er abgedrückt? Hat er versucht, seine Frau zu erschießen?
Ich ging von einer unmittelbaren Bedrohung aus.
Warum, Kollege Dodge, warum?
Wegen seines Lächelns. Doch das konnte Bobby ja schlecht antworten. Stattdessen sagte er: »Der Verdächtige stand einen halben Meter entfernt von der Frau, richtete eine Neun-Millimeter-Pistole auf sie und krümmte den Finger um den Abzug. Das habe ich als unmittelbare und eindeutige Bedrohung verstanden.«
Glaubten Sie wirklich, dass ein Mann seine Frau umbringt, obwohl sich sein Kind noch im Raum befindet?
Ja, Sir, das glaubte ich.
Warum, Kollege Dodge, warum?
Weil so ein Mist eben manchmal passiert, Sir.
Schließlich nickten die Ermittler und fingen mit ihren Fragen wieder von vorne an. Bobby kannte dieses Spiel. Je öfter man einen Menschen zwang, seine Geschichte zu erzählen, desto leichter konnte man ihn in Widersprüche verwickeln. Die Lügen wurden immer mehr ausgeschmückt, während die Wahrheit zunehmend an den Haaren herbeigezogen klang. Nun warteten die Ermittler darauf, dass Bobby sich selbst eine Grube schaufelte.

Um halb sieben gaben sie es schließlich auf. Vor den Fenstern des stickigen Konferenzraums graute der Morgen, und die kollegiale Stimmung kehrte zurück. Sie bedauerten, all diese Fragen stellen zu müssen, aber so lauteten nun einmal die Vorschriften. Eine scheußliche Nacht. Ein Pech für alle Beteiligten. Doch es mache einen guten Eindruck, dass Bobby so bereitwillig kooperiert habe. Allerdings müsse er Verständnis dafür haben, dass man der Sache auf den Grund gehen wolle. Je früher man die Wahrheit herausfände, desto schneller sei die Angelegenheit aus der Welt.

Sie würden noch weitere Fragen haben. Also verreisen Sie besser nicht.

Bobby nickte erschöpft. Er schob seinen Stuhl zurück, und als er aufstehen wollte, geriet er ins Schwanken. Dabei bemerkte er, wie einer der Männer ihn argwöhnisch musterte.

Auf einmal verspürte Bobby den übermächtigen Drang, dem Kerl einen Magenschwinger zu verpassen. Als er auf den Flur trat, sah er seinen Lieutenant vor sich.

»Wie ist es gelaufen?«, erkundigte sich Bruni.

»Nicht so gut«, erwiderte Bobby wahrheitsgemäß.

Die Sonne war aufgegangen, und der Himmel leuchtete blau, als Bobby in die Auffahrt des Hauses einbog, in dem Susan wohnte. Inzwischen hatte der morgendliche Berufsverkehr eingesetzt, und sein Funkgerät meldete Staus, Unfälle und liegen gebliebene Autos auf dem Seitenstreifen. Es war wieder Tag, und die Stadtbewohner krochen aus ihren mit Sicherheitsschlössern verrammelten Käfigen, um in Massen die Gehwege und Cafés zu bevölkern.

Er stieg aus dem Wagen und atmete einen tiefen Zug kalter, nach Diesel und Asphalt riechender Stadtluft ein, und einen unwirklichen Moment lang war es, als hätte jene Nacht nie stattgefunden. Das hier – das Gebäude, das Parkhaus, die Stadt an sich –, das war die Realität, während die Schießerei nur ein Trugbild, ein besonders eindringlicher Traum gewesen sein konnte. Wahrscheinlich war es das Beste, wenn er, Bobby, jetzt seine Uniform anzog, wieder in den Streifenwagen stieg und zur Arbeit fuhr.

Ein Mann ging vorbei und beschleunigte beim Anblick von Bobby, der wie benommen in seinem durchgeschwitzten Tarnanzug dastand, rasch seinen Schritt. Bobby kehrte mit einem Schlag in die Wirklichkeit zurück.

Er schulterte seinen guten, alten Rucksack und steuerte auf Susans Wohnung zu.

Beim zweiten Klopfen machte sie auf. Sie trug einen rosafarbenen Bademantel aus Chenille, und an ihrem rosigen Gesicht konnte man erkennen, dass sie gerade erst aus ihrem warmen, gemütlichen Bett aufgestanden war. Da die Orchesterproben sich häufig bis in die späte Nacht hinzogen, schlief sie am nächsten Morgen meistens aus.

Sie betrachtete Bobby. Ihr blondes Haar war vom Schlafen zerzaust, die Wagen waren gerötet, und sie hatte die Lider über den grauen Augen halb geschlossen. Sofort breitete sich ein Lächeln auf ihrem Gesicht aus. »Hallo, Liebster«, begann sie, doch im nächsten Moment war sie vollständig wach, und die freudige Überraschung wich einer besorgten Miene. »Solltest du nicht im Dienst sein? Was ist passiert, Bobby?«

Er trat ein. Es gab so vieles, was er ihr sagen musste, und er spürte, wie sich die Worte in ihm aufbauten und ihm die Brust abschnürten. Susan war Cellistin bei den Bostoner Symphonikern, und sie hatten sich ausgerechnet in einer Kneipe kennengelernt.

Bobby hatte keine Ahnung von klassischer Musik. Seine Freizeit verbrachte er in Sportbars, beim Basketball und mit einem eiskalten Bier. Susan hingegen bevorzugte wehende Röcke, lange Spaziergänge im Park und Teetrinken im Ritz.

Trotzdem hatte er sie gefragt, ob sie Lust hätte, mit ihm auszugehen. Und zu ihrer beider Überraschung hatte sie ja gesagt. Aus den Tagen waren Wochen, aus den Wochen Monate geworden, und inzwischen waren sie schon seit über einem Jahr zusammen. Manchmal glaubte Bobby, es sei nur noch eine Frage der Zeit, bis sie in sein kleines zweistöckiges Reihenhaus im Süden von Boston einziehen würde. Und er gestattete sich sogar Tagträume von Hochzeit, Kindern und zwei Schaukelstühlen im Altersheim.

Allerdings hatte er es bis jetzt noch nicht gewagt, dieses Thema anzuschneiden. Vielleicht, weil es zu häufig zu Situationen wie dieser kam, wenn er verschwitzt, schmutzig und von den Spuren einer arbeitsreichen Nacht bedeckt vor ihr stand, und darüber erschrak, dass sie ihn überhaupt hereinließ, und sich nicht darüber freuen konnte.

Ihre Welt war so wunderschön. Was zum Teufel wollte sie von einem Kerl wie ihm?

»Bobby?«, fragte sie leise.

Er fand die richtigen Worte nicht. Seine Lippen wollten sich einfach nicht bewegen. Denn nichts konnte die aufgestauten Gefühle freisetzen, die ihm die Brust abdrückten.

O Gott, der arme Junge. Zusehen zu müssen, wie sein Vater starb.

Warum hatte der Schweinekerl ihn dazu gezwungen? Aus welchem Grund hatte Jimmy Gagnon heute Nacht Bobbys Leben ruiniert?

Er bewegte sich, ohne es zu bemerken. Seine Hände glitten unter Susans Bademantel und tasteten verzweifelt nach nackter Haut. Sie murmelte etwas. Ja, nein, er

hörte es nicht wirklich. Dann streifte er ihr den Bademantel ab, glitt mit dem Finger über die zarte Spitze, die ihre Brüste bedeckte, und presste das Gesicht in die Grube an ihrem Hals.
Sie hatte wunderschöne Finger. Lang, zart, aber erstaunlich kräftig. Finger, die einem prachtvollen Instrument aus Holz die süßesten Klänge entlocken konnten. Nun berührten diese Finger seinen Rücken und fanden die Knoten in seinen verspannten Muskeln. Sie zog ihm das Hemd aus und nestelte an seiner Hose.
Sie war zu langsam. Er war hungrig und verzweifelt und brauchte etwas, was er nicht beim Namen nennen konnte. Doch instinktiv wusste er, dass sie es ihm geben konnte.
Seltsam, dass er bis jetzt immer so zart mit ihr umgegangen war.
Ihre Haut war feinstes Porzellan, ihre Schönheit zu rein, um sie zu beschmutzen. Nun riss er ihr das dünne Nachthemd vom Leib und schlug die Zähne in ihre runde Schulter. Seine Hände umfassten ihren Po und zogen sie an sich heran.
Eng umschlungen landeten sie auf dem Dielenboden. Er lag unten, sie oben. Ihr Mund saugte an seiner Brust, ihr zierlicher, blasser Körper wand sich auf seinem kräftigen, dunkelhäutigen. Licht und Schatten, Gut und Böse. Sie stützte sich auf ihn und stieß auf ihn hinunter. Ihre Schultern waren zurückgestreckt, die Brüste ragten nach vorne. Sie brauchte ihn. Er brauchte sie. Licht und Schatten. Gut und Böse.
In letzter Minute sah er die Frau.
In letzter Minute sah er das Kind.
Susan ließ einen kehligen Schrei hören. Er fing sie auf, als sie auf ihm zusammensackte. Er lag erschöpft auf dem Boden und empfand nichts als eine endlose Dunkelheit.

5

Dr. Elizabeth Lane überlegte, ob sie sich einen kleinen Hund zulegen sollte. Vielleicht auch eine Katze. Oder was war mit einem Fisch? Sogar ein Vierjähriger konnte einen Fisch versorgen.

Einmal im Jahr spielte sie mit diesem Gedanken, für gewöhnlich um diese Zeit, wenn die Feiertage drohten und die Leute begeistert verschiedene Familientreffen planten. Die leere Eigentumswohnung, in die sie allabendlich zurückkehrte, erschien ihr dann viel einsamer als im frühlingsdurchfluteten Mai oder im heißen, sonnigen August.

Es war eine unsinnige Debatte, was insbesondere sie am besten hätte wissen müssen, denn sie besaß eine sehr schöne leere Eigentumswohnung: mehr als drei Meter hohe Decken, gewaltige Panoramafenster mit originalen Butzenscheiben, ein Dachgarten und schimmernde Kirschholzböden. Außerdem waren da noch die Möbel, die sie in ihren vielen Berufsjahren zusammengesammelt hatte – das tiefe schwarze Ledersofa, die Schränke aus Ahorn-Wurzelholz, die Soho-Lampen aus Edelstahl. Elizabeth war überdies sicher, dass Welpen und Seidenteppiche sich nicht sehr gut vertrugen. Allerdings schloss das Fische noch lange nicht aus.

Und wenn die anstehenden Feiertage wirklich so ein Spaß gewesen wären, wäre Elizabeths Terminkalender zurzeit gewiss nicht aus allen Nähten geplatzt. Den Großteil der vergangenen vier Wochen hatte sie zehn Stunden am Tag damit zugebracht, ihren verschiedenen Klienten bei der Entwicklung saisonspezifischer Bewältigungsstrategien zu helfen. Die Bulimikerinnen mussten auf die Konfrontation mit der sich unter Speisen biegenden Thanksgiving-Tafel vorbereitet werden. Die Manisch-Depressiven brauchten ausreichend Medikamente, um die von Süßwaren und Geschenkewahn aufgeputschte Festtagsstimmung ebenso zu verkraften wie die unweigerlich zu Bruch gehenden Christbaumkugeln, den vertrocknenden Weihnachtsbaum und das Gefühl, von der ganzen Welt ungeliebt zu sein. Und nicht zuletzt musste sie alle Patienten – die Selbstzerstörer, die Zwangskranken, die Neurotiker und die Psychotiker – so weit in Form bringen, dass sie ihrer Verwandtschaft gegenübertreten konnten.

Schon allein deshalb hätte Elizabeth dankbar für ihr ruhiges Zuhause sein müssen. Doch auch das schloss Fische nicht aus.

Im Prinzip führte Elizabeth ein angenehmes Leben. Sie liebte ihre Eigentumswohnung, die Stadt und meistens sogar ihren Beruf. Allerdings ging sie unaufhaltsam auf die vierzig zu, und nicht einmal eine studierte Psychiaterin schaffte es, diesem Lebensalter ins Auge zu blikken, ohne das Gewicht des Gepäcks zu spüren, das sie mit sich herumtrug. Ihre gescheiterte Ehe. Die Kinder, die sie nie gehabt hatte. Die Entfernung, die sie von ihrer Familie in Chicago trennte. Anfangs war ihr das nicht so weit erschienen, doch inzwischen waren alle so beschäftigt und das Fliegen war so grässlich anstrengend, dass sie sich immer seltener auf den Weg machte. Auch ihre Eltern und die Familie ihrer Schwester hatten zunehmend weniger Zeit, und inzwischen hatte sie sie so lange nicht mehr gesehen, dass ein Besuch zu Hause nur zu peinlichen Situationen geführt hätte. Sie hätte ihnen nur den Alltag durcheinander gebracht und sich wie eine Außenseiterin gefühlt.

Vielleicht sollte sie sich ja einen siamesischen Kampffisch anschaffen. Oder noch besser einen Ficus Benjamin, eine Birkenfeige. Denn eine Pflanze würde es sicher nicht als ganz so kränkend empfinden, dass sie fast jeden zweiten Abend Sushi mit nach Hause brachte. Jedenfalls war es eine Überlegung wert.

Vorne im Büro läutete es. Elizabeth, die es gewohnt war, dass in einer Stadt öfter einmal jemand die falsche Klingel erwischte, achtete nicht darauf. Dann aber läutete es erneut. Argwöhnisch runzelte sie die Stirn. Es war nach fünf, also zu spät für Lieferungen. Außerdem vereinbarte sie freitags grundsätzlich keine Feierabendtermine, denn schließlich musste sie zumindest den Schein eines Privatlebens wahren. Es läutete zum dritten Mal, und zwar schrill und beharrlich. Schließlich gewann Elizabeths Neugier die Oberhand, und sie ging nach draußen zum Schreibtisch ihrer Empfangssekretärin, wo sie ein paar Knöpfe an Sarahs Computer betätigte. Im nächsten Moment konnte sie sehen, wer da vor der Überwachungskamera stand, die über der Eingangstür angebracht war.

Der Anblick erstaunte sie. Andererseits war es zu erwarten gewesen.

Elizabeth ließ den Mann herein. Einige Minuten später stieg er die Treppe zu ihrer Praxis im ersten Stock hinauf. Draußen war es kalt geworden. Vielleicht müsste man heute Nacht sogar mit Schneetreiben rechnen, doch das war nicht der einzige Grund, warum der Mann eine dunkelblaue Kappe mit der Aufschrift »Patriots« tief in die Stirn gezogen trug und einen dicken roten Schal umgewickelt hatte. Doch zu seinem Pech verrieten ihn seine Augen.

Elizabeth hatte diese kühlen grauen Augen erst heute Morgen gesehen, und zwar als sie ihr von der Titelseite des Boston Herald entgegengeblickt hatten. »Staatspolizist erschießt Richtersohn«, hatte die Schlagzeile reiße-

risch verkündet. »Spätnächtlicher Schusswechsel zerstört Familie.«
Das Foto war sicher ohne Wissen des Mannes aufgenommen worden. Er blickte darauf mit stumpfem und finsterem Augenausdruck ins Leere. Elizabeth hatte keine Ahnung, wie man sich fühlte, wenn man gerade einen Menschen getötet hatte, aber die Miene des Polizisten ließ vermuten, dass es kein Grund zum Jubeln war.
»Guten Abend«, sagte sie ruhig und hielt ihm die Hand hin. »Dr. Elizabeth Lane.«
Der Händedruck des Mannes war kräftig, aber kurz. Dann steckte er beide Hände wieder in die Jackentaschen. »Bobby Dodge«, murmelte er. »Lieutenant Bruni meinte, er hätte mit Ihnen gesprochen.«
»Er dachte, Sie wären möglicherweise daran interessiert, zu mir zu kommen.«
»Hätte ich einen Termin vereinbaren sollen?« Bobby runzelte die Stirn. »Daran habe ich gar nicht gedacht. Wahrscheinlich wäre es wirklich besser gewesen, vorher anzurufen. Denn inzwischen ist es schon ziemlich spät. Ich glaube, dann gehe ich lieber wieder.«
Elizabeth lächelte. »Normalerweise ist ein Termin wirklich das Praktischste, aber Sie haben zufällig Glück. Da mir in letzter Minute jemand abgesagt hat und Sie nun schon einmal hier sind, können wir uns genauso gut jetzt gleich unterhalten.«
»Ich habe keine Ahnung, wie das hier läuft«, sprach der Polizist rasch weiter. »Ich wollte damit sagen, dass ich noch nie beim Seelenklempner war. Ich bin nicht einmal sicher, ob dieser Psychokram überhaupt etwas nützt. Aber der Lieutenant war dafür, dass ich Sie aufsuche, und die Jungs von der Personalvertretung haben mir auch dazu geraten. Also, hier bin ich.«
»Was glauben Sie?«

»Ich finde, dass ich nur meinen Job gemacht habe. Eine Frau und ihr Kind leben heute noch, und das haben sie mir zu verdanken. Ich schäme mich nicht.«
Elizabeth nickte und vermutete, dass jemand, der so spontan abstritt, sich zu schämen, offenbar auch die Wahrheit sagte.
Sie wies auf den Garderobenständer. »Legen Sie bitte ab, und kommen Sie mit.«
Nachdem Bobby Jacke, Mütze und Schal ausgezogen hatte, wies Elizabeth auf die offene Bürotür, folgte ihm und versuchte dabei, sich ein erstes Bild von dem Besucher zu machen.
Sie schätzte ihn auf Mitte bis Ende Dreißig. Nicht sehr groß, vielleicht eins vierundsiebzig, und ungefähr achtzig Kilo schwer. Aber er hatte anmutige Bewegungen und war gefasst, beherrscht, offenbar ein Mann, der im Leben schon viel gesehen hatte. Seine Jeans und sein dunkelblaues Flanellhemd waren abgetragen. Sie hätte jede Wette abgeschlossen, dass seine Familie der Arbeiterschicht entstammte und stolz darauf war und dass Bobby als Erster das College besucht hatte. Doch anstatt den Wunsch seines Vaters zu erfüllen und sich einen guten Posten in einem Großkonzern zu suchen, hatte er sich für den Mittelweg entschieden, nämlich zur Polizei zu gehen. So stand er wirtschaftlich gesehen eine Stufe über seinem Vater, allerdings ohne sich allzu weit von seinen Wurzeln zu entfernen. Ganz sicher joggte er in seiner Freizeit und fühlte sich in der freien Natur am wohlsten.
Selbstverständlich stellte sie nur Vermutungen an, ein Spiel, das sie gerne spielte, wenn sie einen neuen Patienten kennenlernte. Zu ihrem Erstaunen behielt sie häufig Recht.
Im Büro angekommen, fiel Bobbys Blick als Erstes auf das kleine Ledersofa.

»Da muss ich mich aber doch wohl nicht draufsetzen, oder?«
»Sie können ja einen der Lehnsessel nehmen.« In Elizabeths Büro standen auch zwei jägergrüne Sessel, allerdings ein Stück vom Schreibtisch zurückversetzt, sodass man sie im Dämmerlicht nur schlecht sehen konnte. Elizabeth überlegte häufig, ob sie ihr Büro nicht umräumen sollte, damit die Sessel besser ins Auge stachen, aber andererseits musste man ja auch ein bisschen Spaß im Leben haben.
Bobby ließ sich in einem der Sessel nieder. Die Knie gespreizt und die schlanken Finger ineinander verschränkt, kauerte er auf der Kante der Sitzfläche und musterte den mahagonigetäfelten Raum. Seine düsteren grauen Augen nahmen jede Einzelheit auf – die Fachbücher in den Regalen, die Messingplaketten an der Wand, den Zengarten.
Etwas an ihm machte Elizabeth zu schaffen, doch sie konnte nicht genau sagen, was es war. Er war nicht nur ungewöhnlich beherrscht, sondern unnatürlich ... still. Kein überflüssiges Geräusch, keine unnötige Bewegung. Wahrscheinlich störte es ihn nicht, über lange Zeiträume hinweg zu schweigen. In Gesprächen war er eindeutig nicht der Mann, der auf sein Gegenüber zuging. Man musste den ersten Schritt machen.
»Sitzen Sie auch bequem?«, erkundigte sie sich schließlich.
»Ich habe es mir ganz anders vorgestellt.«
»Wie denn?«
»Irgendwie ... nicht so schick.« Mit »schick« meint er wohlhabend, das verstanden sie beide. »Hat Sie wirklich der Staat beauftragt?«
»Ich habe vor fünfzehn Jahren angefangen, mit der Staatspolizei zusammenzuarbeiten. Mein Vater war vor seiner Pensionierung Detective in Chicago, also könnte

man sagen, dass mich dieses Gebiet aus persönlichen Gründen interessiert.« Sie zuckte die Achseln. »Vielleicht habe ich deshalb nie meine Honorare erhöht. Soll ich Ihnen erklären, wie es jetzt weitergeht?«

»Einverstanden.«

»Ich bin für die Staatspolizei von Massachusetts tätig, nicht für Sie. Deshalb bin ich verpflichtet, den Inhalt unserer Gespräche weiterzumelden, was das Arztgeheimnis im Zusammenhang mit dem, was Sie mir hier erzählen, einschränkt. Allerdings erwähne ich niemals Einzelheiten. Andererseits erwartet man von mir Schlussfolgerungen und Einschätzungen. Wenn Sie mir zum Beispiel sagen würden, dass Sie allabendlich anderthalb Liter Whiskey trinken, würde ich das zwar nicht unbedingt wiederholen, aber ich müsste mich dagegen aussprechen, dass Sie wieder zum Dienst antreten. Haben Sie das verstanden?«

»Hüte deine Zunge«, brummte er. »Ein interessanter Ansatz.«

»Es ist trotzdem das Beste, offen zu sein«, erwiderte Elizabeth leise. »Ich bin da, um Ihnen zu helfen. Sollten wir zu dem Ergebnis kommen, dass ich das nicht kann, werde ich Sie an jemand anderen überweisen.«

Bobby zuckte nur die Achseln. »Gut. Was wollen Sie also von mir hören?«

Wieder musste Elizabeth schmunzeln. Gleich zur Eröffnung offene Feindseligkeit. Aber etwas anderes hatte sie gar nicht erwartet. »Beginnen wir ganz am Anfang.« Sie griff nach einem Klemmbrett. »Name?«

»Robert G. Dodge.«

»Wofür steht das G.?«

»Angesichts des eingeschränkten Arztgeheimnisses behalte ich das lieber für mich.«

»So schlimm ist es? Lassen Sie mich raten. Geoffrey?«

»Nein.«

»Godfrey? Hat man Ihnen den schönen Namen Godfrey verpasst?«
»Wie zum Teufel sind Sie darauf gekommen?«
»Ich gebe meinen zweiten Vornamen auch nicht gerne an. Godfrey also. Familientradition?«
»Das behauptet wenigstens mein Vater.«
»Und Ihre Eltern heißen?«
»Mein Vater. Er heißt Larry. Lawrence, um genau zu sein.«
»Und Ihre Mutter?«
»Weg.«
»Weg?«
»Ja, weg. Abgehauen. Ich war vier oder fünf. Nein, sechs oder sieben vielleicht. Ich weiß es nicht mehr genau.«
Elizabeth wartete ab.
»Ich glaube, die Ehe mit meinem Vater klappte nicht mehr so gut«, fügte Bobby hinzu und breitete die Hände aus, als wolle er sagen: Was kann man da machen? In diesem zarten Alter vermutlich nicht sehr viel.
»Geschwister?«
»Einen Bruder. Älter. Er heißt George Chandler Dodge. Ja, stimmt, die ganze Familie ist mit dämlichen britischen Namen geschlagen. Aber was hat das mit der Schießerei zu tun?«
»Ich weiß nicht. Hat es etwas damit zu tun?«
Bobby sprang auf. »Nein, das muss ich mir nicht anhören. Das genau ist der Grund, warum Seelenklempner so unbeliebt sind.«
Schicksalsergeben breitete Elizabeth die Hände aus. »Ich habe verstanden. Offen gesagt fülle ich nur Leerstellen in einem Formular aus. Und normalerweise finden es die Leute nett, vorher ein bisschen zu plaudern.«
Bobby setzte sich wieder. Allerdings blieb seine Miene finster, und seine aufmerksamen Augen musterten Elizabeth argwöhnisch. Sie fragte sich, wie oft er seine Mitmenschen so anstarrte und dabei zu dem Schluss kam,

dass sie seinen Ansprüchen nicht genügten. Viele Bekannte, aber nur wenige Freunde, ergänzte sie in Gedanken ihre Liste. Verzeiht nicht. Vergisst nichts.
Und was das Verschwinden seiner Mutter betraf, so hatte er gelogen.
»Ich möchte nichts verkomplizieren«, meinte er.
»Verständlich.«
»Stellen Sie Ihre Fragen, und ich gebe Ihnen die Antworten. Und dann gehen wir beide wieder zum Alltag über.«
»Bewundernswertes Ziel.«
»Das sollte nicht heißen, dass ich hier einen Lebensplan entwickeln will.«
»Das würde ich auch niemals von Ihnen verlangen«, versicherte sie ihm. »Leider lässt sich die Sache aber nicht in einer einzigen Sitzung abhandeln.«
»Warum nicht?«
»Weil Sie erstens keinen Termin vereinbart haben, weshalb die Zeit nicht reicht, um alles an einem Abend durchzusprechen.«
»Oh.«
»Deshalb würde ich vorschlagen, dass wir heute über ein paar Dinge reden und uns am Montag wieder zusammensetzen.«
»Montag.« Darüber musste er nachdenken. »Meinetwegen.« Er beschloss, der Psychotante den Gefallen zu tun. »Das müsste hinhauen.«
»Ausgezeichnet. Gut, dass wir das geklärt haben.« Ihr Tonfall klang kühler als beabsichtigt, aber zumindest lächelte er jetzt. Er hatte ein nettes Lächeln, das die harten Linien seines Gesichtes weicher wirken und kleine Fältchen um seine Augen entstehen ließ. Zu Elizabeths leichtem Erstaunen war er, wenn er lächelte, sogar ein sehr attraktiver Mann.
»Vielleicht sollten wir zuerst über den heutigen Tag spre-

chen, nicht über gestern Nacht«, schlug sie vor. »Den heutigen Tag?«

»Heute ist der erste Tag in Ihrem Leben, nachdem Sie jemanden erschossen haben. Also kein Tag wie jeder andere. Konnten Sie schlafen?«

»Ein bisschen.«

»Haben Sie etwas gegessen?«

Er musste nachdenken und schien ehrlich überrascht. »Nein, ich glaube nicht. Als ich heute Nachmittag aufgewacht bin, wollte ich mir einen Kaffee holen gehen. Aber dann sah ich den Boston Herald und ... den Kaffee habe ich offenbar vergessen.«

»Haben Sie den Herald gekauft?«

»Ja.«

»Und den Artikel gelesen?«

»Den Großteil.«

»Was halten Sie davon?«

»Beamte der Staatspolizei von Massachusetts knallen nicht vorsätzlich Zivilisten ab, nicht einmal, wenn es sich um die Söhne von Richtern handelt.«

»Also alles nur ein Märchen?«

»Ja, wenn ich von den drei Absätzen ausgehe, die ich gelesen habe, würde ich das unterschreiben.«

»Und mehr haben Sie nicht gelesen? Ich hätte Sie für neugieriger gehalten.«

»Um etwas über die Ereignisse zu erfahren, brauche ich keinen Bericht irgendeines Reporters. Ich saß nämlich in der ersten Reihe.«

»Nein, ich meinte über das Opfer. Jimmy Gagnon.«

Bobby zuckte zusammen. Sie musste ihm zugute halten, dass er erstaunt war. Offenbar hatte er mit diesem Einwand nicht gerechnet, und er nahm sich Zeit, darüber nachzudenken. »Informationen sind ein Luxus, der Angehörigen taktischer Einheiten normalerweise vorenthalten wird«, antwortete er schließlich. »Als ich gestern

Nacht abgedrückt habe, habe ich mich nicht für den Namen des Mannes, sein Wohnviertel, seinen Vater oder seine Lebensgeschichte interessiert. Ich hatte keine Ahnung, ob er seinen Hund schlägt oder Geld an Waisenhäuser spendet. Alles, was ich wusste, war, dass eine männliche Person einer Frau die Pistole an den Kopf hielt und den Finger am Abzug hatte. Mein Verhalten war nichts weiter als eine Reaktion auf seines. Und ich habe reagiert. Der Rest spielt keine Rolle mehr. Warum soll ich mich also damit zermürben?«

Wieder lächelte Elizabeth. Sie fand Bobby Dodge sympathisch. Obwohl sie seit Jahren nicht mehr mit einem so komplizierten und vielschichtigen Rechtfertigungsmuster zu tun gehabt hatte, mochte sie Bobby Dodge.

»Sport?«, fragte sie. »Haben Sie sich heute sportlich betätigt?«

»Nein. Ich habe mir überlegt, ob ich joggen gehen soll, aber da überall mein Foto hing ...«

»Ich verstehe. Gut, das ist Ihre Aufgabe für das Wochenende. Sie müssen sich mehr um Ihre Gesundheit kümmern, denn erst dann können Sie sich mit Ihren Gefühlen auseinander setzen. Gibt es jemanden, zu dem Sie gehen können? Ihren Vater vielleicht oder Ihren Bruder? Einen Ort, um sich zurückzuziehen und auszuruhen?«

»Meine Freundin.«

»Und sie kommt damit zurecht?«

»Ich weiß nicht. Wir hatten noch nicht die Zeit, richtig darüber zu reden.«

»Tja, angesichts der Ereignisse brauchen Sie ein gutes Unterstützernetzwerk. Also würde ich an Ihrer Stelle mit ihr darüber sprechen.« Elizabeth beugte sich vor. »Die Sache letzte Nacht war ein ernsthafter Zwischenfall, Bobby. Es wird länger als vierundzwanzig Stunden dauern, ihn zu verarbeiten, und deshalb sollten Sie es schrittweise angehen. Essen Sie drei ausgewogene

Mahlzeiten am Tag, und versuchen Sie, nachts durchzuschlafen. Wenn Sie sich angespannt oder innerlich unruhig fühlen, treiben Sie ein wenig Sport, um Dampf abzulassen. Aber seien Sie auf der Hut. Es ist eine Gratwanderung, ob man zehn Kilometer läuft, um zu entspannen, oder ob man hundert Kilometer bis zur Erschöpfung rennt, damit die Gedanken endlich aufhören, sich zu drehen. Und diese Grenze sollten Sie immer im Auge behalten.«

»Ich verspreche, nicht mehr als neunundneunzig Kilometer zu laufen«, erwiderte er.

»Also gut. Dann wünsche ich Ihnen ein schönes Wochenende.«

»War das alles? Essen, schlafen, Sport treiben, und dann bin ich geheilt? Kann ich nächste Woche wieder zur Arbeit?«

»Essen, schlafen, Sport treiben und das Gespräch fortsetzen«, verbesserte sie ihn mit einem nachsichtigen Schmunzeln. »Aber heute Abend ist es zu spät dafür, und vielleicht brauchen Sie auch noch mehr Zeit, um sich alles durch den Kopf gehen zu lassen. Ich gebe Ihnen meine Telefonnummer. Wenn Sie plötzlich das Bedürfnis haben, zu reden, können Sie mich anrufen. Ansonsten sehen wir uns am Montag. Was halten Sie von fünfzehn Uhr?«

Er zuckte die Schultern. »Da ich nicht zur Arbeit darf, habe ich mehr freie Zeit als genug.«

»Ausgezeichnet.« Sie stand auf. Er folgte ihrem Beispiel. Allerdings hastete er, anders als sie erwartet hatte, nicht sofort zur Tür, sondern blieb, einen verlorenen Ausdruck auf dem Gesicht, stehen.

»Manchmal«, begann er unvermittelt, »manchmal, wenn ich darüber nachdenke, was passiert ist, werde ich ziemlich wütend. Nicht auf mich selbst, sondern auf den Mann, weil er auf seine Frau und sein Kind losgegangen ist und mich gezwungen hat, ihn zu erschießen. Ist das nicht komisch? Man tötet einen Mann und hasst ihn dann dafür?«

»Ich würde sagen, dass diese Reaktion völlig normal ist.«

Er nickte zwar, doch die verdatterte Miene blieb. »Darf ich Sie noch etwas fragen? Nur so ein allgemeines Psychoproblem.«

»Nur zu, ich psychologisiere nämlich gern.«

»Wir werden häufig in Fällen von häuslicher Gewalt gerufen. So etwa drei bis vier Mal pro Woche stehe ich in irgendeinem Garten, während die Frau den Mann anbrüllt oder umgekehrt. Und eines ist mir in Situationen wie diesen immer klar – wir werden wiederkommen müssen. Ganz gleich, wie sehr diese beiden Menschen auch aufeinander herumhacken, sie bleiben unweigerlich zusammen. Und wenn man ein bisschen grob mit dem Kerl umgeht und ihn zum Beispiel unsanft in den Streifenwagen verfrachtet, fällt in neun von zehn Fällen die Frau, also dieselbe, die vorhin die Polizei angerufen hat und noch die Spuren der Faust dieses miesen Typen im Gesicht trägt, über uns her, weil wir ihrem Mann wehtun.«

»Gewalt in der Beziehung ist eine sehr komplizierte Angelegenheit«, stimmte sie zu, während sie sich fragte, worauf er hinauswollte.

»Also ist es doch seltsam, wenn sich eine Frau, deren Mann man gerade umgebracht hat, sich dafür bei einem bedankt.«

Elizabeth hielt inne. »Diese Reaktion kommt wirklich selten vor.«

»Das fand ich auch.«

»Aber es muss nicht unbedingt etwas zu bedeuten haben.«

»Doch, muss es, Doc. Sonst hätte sie es doch vermutlich nicht gesagt.«

»Bobby, haben Sie mit Catherine Gagnon gesprochen? Kannten Sie Jimmys Frau?«

»Nein, Doc, ich schwöre, wir haben nie ein Wort miteinander gewechselt.«

Bobby stand bereits im Vorraum, zog die dicke Wolljacke an und wickelte sich den Schal um. Elizabeth folgte ihm.

Ihr Radar arbeitete zwar mit voller Kraft, aber sie konnte seinen Schutzschild nicht durchdringen.

»Dann sehen wir uns Montag um drei. Ach, ist das schön, einen richtigen Termin zu haben.«

Bobby verdrehte die Augen, salutierte kurz und ging zur Tür. Kurz darauf blickte sie ihm nach, wie er, die Schultern wegen der Kälte hochgezogen und die Hände tief in den Jackentaschen, die Boylston Street hinunterging.

Noch lange, nachdem er aus ihrem Blickfeld verschwunden war, stand Dr. Elizabeth Lane am Fenster. Schließlich stieß sie einen abgrundtiefen Seufzer des Missfallens aus.

Was sie jetzt tun musste, gefiel ihr gar nicht.

Überhaupt nicht.

Sie griff zum Telefon.

»Hallo.«

Einige Sekunden vergingen.

»Ich bedaure. Herzliches Beileid. Mir ist klar, wie unpassend es ist.«

Eine Pause entstand.

»Entschuldigen Sie vielmals die Störung, Sir, aber wir müssen miteinander reden.«

6

Bobby marschierte nach Süden und überlegte, was er nun tun sollte. Die Ärztin hatte Recht. Er war müde, hungrig und erschöpft. Am besten wäre es gewesen, für heute Schluss zu machen, nach Hause zu gehen und sich auszuruhen. Er wohnte im Erdgeschoss eines Dreifamilien-Reihenhauses und vermietete die oberen beiden Etagen für ein geringes Entgelt. Es war wirklich sehr wenig, denn eine der Mieterinnen, Mrs Higgins, hatte schon hier gewohnt, als Bobby das Haus gekauft hatte. Der Vorbesitzer hatte zwanzig Jahre lang einhundertundfünf Dollar pro Monat von ihr verlangt, und Bobby hatte es nicht übers Herz gebracht, die Miete zu erhöhen. So waren die Leute nun mal in Southie. Sie kümmerten sich umeinander. Und obwohl er noch ein Außenseiter war, ein Zugezogener, der sich in dieses alte Viertel eingekauft hatte, fand er es richtig, sich den hiesigen Sitten anzupassen. Also ließ er Mrs Higgins und ihre drei Katzen weiter für einhundertundfünf Dollar wohnen. Dafür buk sie ihm Schokoladenkekse und erzählte ihm von ihren Enkelkindern.

Sicher würde Mrs Higgins nun enttäuscht von ihm sein. Sie mochte Susan, womit sie die Meinung von Bobbys gesamtem Freundes- und Bekanntenkreis teilte. Susan war reizend. Susan war nett. Susan war die optimale Ehefrau für Bobby.

Und nun war es vorbei. Bobby hatte die Therapeutin nämlich angelogen, vielleicht deshalb, weil die Gewissheit ihm noch zu wehtat. Seit fünf Stunden waren er und Susan kein Paar mehr. Es war ein Luftschloss gewesen, und nun war es eingestürzt.

Heute Nachmittag war er kurz nach eins aus dem Schlaf hochgeschreckt, noch wackelig auf den Beinen und verdattert, weil Verkehrslärm in das sonnenhelle Zimmer drang. O mein Gott, er hatte den Wecker überhört. Er war in der falschen Wohnung. Er hatte seine Uniform nicht dabei. Ach, Mist, jetzt würde es ordentlich Ärger geben ...

Und da fiel es ihm schlagartig ein. Die Nacht, der Schuss, das Gehirn des Mannes, das auf der anderen Straßenseite durchs Zimmer spritzte. Er lag in Susans Bett, spürte das Klopfen seines Herzens und befürchtete kurz, er sei im Begriff, einen Herzinfarkt zu erleiden. Er konnte nicht atmen, und sein Arm prickelte, sodass ein stechender Schmerz bis in die Brust ausstrahlte, während er weiter nach Luft rang.

Dann erinnerte er sich. Susans Blondschopf, warm und schwer auf seiner Schulter. Ihr nackter Körper schmiegte sich an ihn. Ihr linkes Bein lag über seiner Hüfte. Die Bettwäsche roch nach Lavendel und Sex.

Vorsichtig zog er seinen Arm unter ihr weg. Sie bewegte sich, rollte sich mit einem tiefen Seufzer herum und schlief wieder ein. Als er sie noch eine Weile beobachtete, wurde er von einem Gefühl ergriffen, das er nicht in Worte fassen konnte. Er wollte ihre Wange berühren und den Duft ihrer Haut schnuppern, sich an sie schmiegen und sich anklammern wie ein Kind.

Fast verzweifelt dachte er, dass dieser Tag ja niemals beginnen würde, wenn er einfach nicht aufstand. Er würde hier bleiben, sie auch, und dann würde er es ihr niemals sagen müssen, sodass sie es auch nicht zu erfahren brauchte. Seine Welt würde weiter aus warmer nackter Haut, zerzaustem blondem Haar und lavendelduftenden Laken bestehen.

Nie würde er sich dem stellen müssen, was er getan hatte. Er würde nicht der Mann sein müssen, durch des-

sen Hand der Schuss gefallen war. Mein Gott, das Leben kotzte ihn an!
Bobby stand auf und ging ins Bad, wo ihm klar wurde, dass er seit acht Uhr gestern Abend keine Gelegenheit mehr gehabt hatte, die Toilette aufzusuchen. Nachdem er eine Ewigkeit gepinkelt hatte, zog er sich an, holte seine Ersatzkleider aus der untersten Schublade, wo er sie aufbewahrte, und verstaute alles lautlos in seinem Rucksack.
An der Schlafzimmertür blieb er stehen und betrachtete Susans rosige Wangen und ihren goldenen Wuschelkopf. Ein unbeschreiblicher Schmerz überkam ihn.
Eigentlich dachte Bobby nur noch selten an seine Mutter, aber wenn es doch geschah, dann meistens in Momenten wie diesem. Wenn er etwas wollte, von dem er wusste, dass es unerreichbar für ihn war. Wenn er sich ein wenig verunsichert, unfertig und wie ein ewiger Außenseiter und unbeteiligter Beobachter fühlte.
Er erinnerte sich daran, wie die Frau gestern Nacht ihr Kind an sich gedrückt hatte. Den Kopf des kleinen Jungen an ihre Brust gedrückt, die Hände fest über seinen Ohren. Und er ertappte sich bei der angsterfüllten, bedrückenden Frage, ob seine Mutter je dasselbe getan hatte.
Um zwei Uhr nachmittags an einem hellen, sonnigen Tag, wenn er eigentlich auf der Jagd nach Rasern, Betrunkenen oder hilfsbedürftigen Autofahrern über die I-93 hätte rollen und den Alltag hätte leben sollen, der ihn schon seit Jahren bestimmte, stand Bobby auf der Türschwelle des Schlafzimmers seiner Freundin und spürte, wie in ihm etwas zerriss. Es war ein scharfes Stechen, das tatsächlich körperlich wehtat.
Und dann war das Schlimmste vorbei, und nur ein bereits nachlassendes Ziehen blieb, das Echo eines Phantomschmerzes, ein leises Trauern um das, was hätte

sein können. Damit konnte er leben. Schließlich tat er das schon seit Jahren.
Bobby ging.
Als die Eingangstür hinter ihm ins Schloss fiel, schlug Susan die Augen auf und bemerkte, dass das Bett neben ihr leer war. Sie rief seinen Namen, aber er war bereits draußen im Flur, zu weit entfernt, um sie zu hören.

Die L-Street-Tavern war eine Kneipe vom alten Schlag, die noch von den Tagen verqualmter Schankräume und alkoholgeschwängerter Dartsturniere zeugte, von einer Zeit also, als Kneipen noch nicht rauchfreie, familienfreundliche Zonen und Schauplätze beliebter Fernsehcomedys gewesen waren. Viele Polizisten verkehrten hier. Stammgäste ebenfalls. Es war eine Kneipe, in der ein Mann endlich seine Ruhe hatte.
Außerdem ging es heute, an einem Freitagabend, hoch her. Bobby befürchtete schon, keinen Sitzplatz zu finden, aber dann erkannte ihn Walter Jensen von der Bostoner Polizei, der am anderen Ende des dämmrigen Raums stand, und rutschte sofort von seinem Barhocker.
»Bobby, alter Junge! Beweg deinen Arsch hier rüber! Setz dich, und fühl dich wie zu Hause. Hey, Gary, Gary, Gary, ich gebe diesem Mann ein Bier aus!«
»Cola«, erwiderte Bobby ganz reflexartig, während er sich zu dem zerkratzten Holztresen durchschlängelte. Inzwischen drehten sich dort einige Gäste nach ihm um. Manche kannte Bobby, andere nicht. Hinter dem Tresen hatte Gary bereits angefangen, ein Killian's einzuschenken.
»Bier«, entgegnete Walter streng. »Der Piepser braucht dich nicht zu interessieren, Bobby. Schon vergessen? So lange du suspendiert bist, kann dir das Ding mal im Mondschein begegnen. Also setz dich hin, entspann dich, und trink einen Schluck.«

»Stimmt«, meinte Bobby beinahe überrascht. »Du hast Recht.«
Also trank Bobby ein Bier. Ausgegeben von Walt, der ihm zu seinem Erfolg gratulieren wollte.
»Ich hab die Info direkt von der Quelle – Lieutenant Jachrimo höchstpersönlich. Du hast getan, was du tun musstest. Und das auch noch durch eine Glasscheibe. Verdammt, Bobby, das war wirklich ein toller Schuss.«
Dann mischte sich Donny, ebenfalls von der Bostoner Polizei, ein. Er verhalf Bobby zu einem neuen Glas Bier und musste natürlich auch seinen Senf dazugeben.
»Das beweist wieder mal, dass Geld nicht glücklich macht. Walt, wie oft waren wir schon bei diesen Leuten? Dreimal, viermal, fünfmal? Nur schade, dass wir die Party verpasst haben.«
Da erinnerte sich Bobby endlich, dass Walt und Donny auch dem Sondereinsatzkommando der Bostoner Polizei angehörten. »Wie ist es denn in Revere gelaufen?«, fragte er.
»So wie immer«, erwiderte Donny. »Ein Typ hat das Dach seines eigenen Hauses mit Kugeln durchsiebt. Anschließend hat er sich einen Sechserpack Bier genehmigt. Dann hat er noch ein bisschen im Haus rumgeballert, und schließlich – der Lieutenant wurde schon allmählich sauer, weil sich einfach nichts tat – ist er betrunken umgekippt. Wir sind rein und haben ihn uns geschnappt, während er einfach weitergeschnarcht hat. Eigentlich recht langweilig. Wir brauchten nicht mal rumzubrüllen.«
»Und in Back Bay seid ihr schon öfter gewesen?«
»Klar. Jimmy und seine Alte mochten es offenbar wild und gefährlich. Er hat sich einen angesoffen, sie ist sauer geworden, und schon hat es geknallt.«
»Hat er sie geschlagen?«
Donny zuckte die Achseln. »Das haben wir nie gesehen, und sie hat nichts dergleichen gesagt. Außerdem haben

sie nicht selbst die Polizei verständigt. Es waren immer die Nachbarn, die sich beschwert haben.«
»Die wollten wohl keinen Ehekrach in ihrem Viertel.«
»Jimmy hat gern mit Gegenständen um sich geworfen«, erklärte Walt. »Einmal hat er einen Stuhl vom Balkon auf den Volvo seiner Nachbarn geschmissen. Den Nachbarn hat das natürlich gar nicht gefallen.«
»Und was habt ihr gemacht, wenn ihr gerufen wurdet?«
»Nicht sehr viel. Ein paar uniformierte Kollegen haben vorbeigeschaut und den Turteltäubchen ins Gewissen geredet. Ich glaube, ich war auch einmal dabei. Jimmy hat sich entschuldigt und mir, großzügig, wie er war, ein Bier angeboten. Die Frau hat kaum einen Mucks von sich gegeben. Kalt wie ein Fisch, wenn du mich fragst. Aber vielleicht wird man ja so, wenn man lange genug mit einem Typen wie Jimmy verheiratet ist.«
»War er gewalttätig?«
»Als ich da war, habe ich gesehen, dass jemand ein Loch in die Wand geschlagen hatte«, antwortete Walt. »Die Frau hat geschwiegen, aber mir schien es genau dieselbe Größe zu haben wie die Faust des Mannes.«
»Und der Kleine?«
»Den habe ich nie zu Gesicht gekriegt. Ich glaube, sie haben ein Kindermädchen. Vermutlich besser für ihn.«
Bobbys zweites Bier ging allmählich zur Neige. Als Donny bei Gary Nachschub bestellte, protestierte er nicht. »Man möchte meinen, dass der Sohn eines Richters weiß, wie man sich benimmt«, meinte er spitz.
Walt zuckte die Achseln. »Soweit ich gehört habe, kostet es den Richter nur einen kleinen Anruf, wenn Jimmy wieder mal Mist gebaut hat, und schwups ist das Problem beseitigt. Wenn wir nur alle so viel Glück hätten.«
»Diesmal hat er aber Pech gehabt«, entgegnete Bobby gereizt.
»Stimmt. Guter Schuss, Bobby. Ehrlich, ohne dich wären

die Frau und das Kind heute sicher tot. Das war wirklich eine schlimme Sache.«

Inzwischen drängten sich weitere Kollegen heran. Einer klopfte Bobby auf den Rücken. Ein anderer gab ihm noch ein Bier aus. Bobby spürte nicht mehr, wie der Rand des Glases seine Lippen berührte. Er hatte das Gefühl, zu gleiten und Stück für Stück in dieser lauten, überheizten Kneipe zu versinken wie in einem Strudel. Gleichzeitig war er sich überdeutlich der Kollegen bewusst, die nicht auf ihn zukamen, sondern ihn quer durch den Raum musterten und ihm Seitenblicke zuwarfen, ihm ins Gesicht sahen und dann rasch den Kopf schüttelten.

Und dann fiel ihm etwas auf, was er bis jetzt nicht bemerkt hatte, nämlich die Miene, mit der Walt und Donny ihn betrachteten. Ja, sie hatten Respekt vor ihm, vielleicht sogar Hochachtung, aber auch ehrliches Mitleid. Denn nun war er ein Polizist, der einen Mann getötet hatte. Und irgendwann würde es vermutlich gar keine Rolle mehr spielen, was die Staatsanwaltschaft letztlich entschied oder welche offizielle Presseerklärung das Polizeipräsidium nun herausgab. Sie lebten in einem Medienzeitalter, und im Medienzeitalter durfte ein Polizist seine Waffe nicht abfeuern. Polisten, die im Dienst ihr Leben lassen mussten, wurden geehrt, doch es kam absolut nicht in Frage, dass sie die Pistole zogen, nicht einmal in Notwehr.

Mittlerweile stand ein weiteres Bier vor ihm. Bobby griff nach dem Glas. Er war gerade dabei, sich sinnlos zu betrinken, als sein Lieutenant ihn aufspürte und ihm die Nachricht überbrachte.

»Himmelherrgottkreuzdonnerwetter, sind Sie jetzt von allen guten Geistern verlassen, Bobby? Die halbe Stadt beobachtet Sie, und Sie saufen sich einen an!«

Lieutenant Bruni schleppte Bobby um die Ecke des Gebäudes, in dem sich die Kneipe befand. Einen Finger in den Kragen von Bobbys Jacke gehakt, zerrte er ihn buchstäblich die Straße entlang.
»Bin ... nicht ... im ... Dienst«, stieß Bobby mit schwerer Zunge hervor. Verdammt, war das kalt draußen. Die eisige Novemberluft schlug ihm ins Gesicht, sodass er wie eine Eule mit den Augen blinzelte.
»Jeden Moment wird ein Kamerateam hier sein. Jemand hat den gottverdammten Reportern verpetzt, dass Sie in einer Kneipe Hof halten. Aber offenbar haben Sie irgendwo einen Schutzengel, denn das Gespräch wurde über Polizeifunk mitgehört, und ich bin losgeschickt worden, um Sie da rauszuholen. Bobby, hören Sie mir zu.«
Ruckartig blieb Lieutenant Bruni stehen. Er keuchte, und sein Atem stand ihm in eisigen Wolken vor dem Mund, die an Bobbys Gesicht vorbeiwehten. Inzwischen umfasste er Bobbys Kragen mit beiden Händen und schüttelte ihn kräftig.
»Bobby, Sie stecken in Schwierigkeiten.«
»Wäre ich nie drauf gekommen!«
»Spitzen Sie die Ohren, Bobby. Heute war viel los in der Stadt. Richter Gagnon ist gar nicht erfreut über den Tod seines Sohnes und vernünftigen Einwänden oder Beweisen gegenüber taub. Er will sich rächen, Bobby, und er hat es auf Sie abgesehen.«
Bobby wusste nicht, was er darauf erwidern sollte. Alles drehte sich um ihn. Er spürte kalte Luft an den Wangen, und ihm hing noch der Biergestank in der Nase. Er wollte nur noch unter die Dusche. Und dann ins Bett.
Danke, hatte die Frau gesagt. Danke.
Und dann fiel es ihm wie Schuppen von den Augen. Dieses verdammte Miststück! Warum bedankte sie sich bei ihm? Sie hätte sich nicht bedanken, sondern ihren ver-

soffenen Ehemann bereits vor Jahren verlassen sollen. Oder versuchen müssen, ihn zu beruhigen. Oder ihren Sohn nicht loslassen dürfen. Oder ihren Mann nicht so lange zu provozieren brauchen, bis sich ein kaltes, gnadenloses Lächeln auf seinem Gesicht malte. Schließlich war sie mit Jimmy in diesem Zimmer gewesen und hätte auf ihn einwirken können. Eine riesige Bandbreite möglicher Verhaltensweisen hätte ihr zur Verfügung gestanden, um zu verhindern, dass Bobby abdrücken musste. Dann wäre er nicht gezwungen gewesen, einen Mann zu töten und sich die Zukunft zu verbauen. Und er hätte jetzt auch nicht betrunken, völlig erledigt und erfüllt von Scham auf der Straße herumgestanden. Was war er bloß für ein Mensch, einen Mann in Gegenwart seines eigenen Kindes zu töten? Mein Gott, was hatte er nur getan?
Bobby riss sich von seinem Lieutenant los und lief, außer sich vor Wut und wie irr, im Kreis herum. Am liebsten hätte er einen Knüppel genommen und bei jedem gottverdammten Auto in dieser Straße die Scheiben eingeschlagen, um anschließend jede Tür mit dem Wagenheber zu bearbeiten und sich zu guter Letzt mit einem Messer über jeden einzelnen Reifen herzumachen. Er wollte, er wollte, er wollte ...
Mein Gott, er bekam keine Luft mehr. Die Brust war ihm wie zugeschnürt. Seine Lippen öffneten sich keuchend, doch nichts geschah. Er konnte nicht atmen. Ganz sicher hatte er einen Herzinfarkt. Jetzt würde er hier in Südboston sterben, weil es November war und weil er schon immer gewusst hatte, dass es einmal so enden würde. Im Sommer konnte ihm nichts geschehen, der Herbst war auch in Ordnung, aber der November ... der November war ein mörderischer Monat. Mist, Mist, Mist.
»Kopf zwischen die Knie. Los, Bobby, vorbeugen und tief durchatmen. Sie schaffen das. Konzentrieren Sie sich nur auf den Klang meiner Stimme.«

Bobby spürte Hände auf seinen Schultern. Sein Kopf wurde nach unten gedrückt. Er sah Sternchen vor den Augen, grelle weiße Funken, die in einem schwarzen Meer schwammen.
Bald würden die Sterne zerplatzen und verblassen. Und dann würde die Dunkelheit ihm entgegenstürzen, um ihn zu empfangen.
Aber im nächsten Moment, so plötzlich wie es angefangen hatte, löste sich die Blockade in seiner Brust; seine zusammengepressten Lungen erwachten wieder zum Leben und nahmen einen Schwall von Sauerstoff auf. Bobby taumelte mitten auf die Straße, wobei er fast mit einem vorbeifahrenden Auto zusammengestoßen wäre, und sog in tiefen Zügen die eisige Nachtluft ein.
Bruni stand noch immer neben ihm, zerrte ihn von der Fahrbahn und begann, leise und schnell auf ihn einzureden. »Passen Sie auf, Bobby. Reißen Sie sich zusammen, und hören Sie mir gut zu.«
Bobby fand eine Straßenlaterne, an der er sich festklammern konnte. Er schlang Arme und Beine um das kalte Metall. Dann ließ er den Kopf hängen und versuchte, sich zu beruhigen.
»Gut«, sagte er nach einer Weile. »Jetzt geht es wieder.«
Bruni beäugte ihn skeptisch und stieß dann ein zustimmendes Brummen aus. »Wissen Sie, was eine Anhörung vor dem Amtsgericht ist?«
»Eine was?«
»Das ist eine vorläufige Anhörung. Anschließend meldet die Kammer das Ergebnis an das Bezirksgericht von Chelsea und Suffolk County weiter; es handelt sich also um eine Zivilklage, keine Strafsache. Vermutlich ist Ihnen neu – verdammt, ich hatte auch keine Ahnung –, dass jeder X-Beliebige so eine vorläufige Anhörung zur Feststellung eines dringenden Tatverdachts beantragen kann, um zu ermitteln, ob a) überhaupt ein Verbrechen

vorliegt und ob es b) vom Verdächtigen begangen wurde. Falls die Anhörung einen dringenden Tatverdacht erkennt, wird ein Strafverfahren gegen den Verdächtigen eingeleitet, obwohl es sich eigentlich um eine Zivilkammer handelt. Im Grunde genommen heißt das, dass jeder Zivilist die Möglichkeit hat, die Staatsanwaltschaft zu übergehen und ein Strafverfahren anzustrengen, sofern er einen Anwalt und das nötige Geld dazu hat. Und jetzt fragen Sie sich sicher, was das alles Sie angeht, Bobby.«

»Was geht mich das alles an?«, wiederholte Bobby gehorsam.

»Um sechzehn Uhr fünfundvierzig heute Nachmittag hat Maryanne Gagnon, Ehefrau von James Gagnon, Richter am Obersten Gericht von Suffolk, eine solche vorläufige Anhörung beantragt, und zwar mit der Begründung, es liege dringender Tatverdacht auf Mord vor und Sie seien der Täter.«

Bobby machte den Fehler, die Augen zu schließen. Sofort begann die Welt, sich um ihn zu drehen, sodass ihm übel wurde.

»Richter Gagnon hat nicht die Absicht, zu warten, bis die Staatsanwaltschaft von sich aus tätig wird, Bobby. Ihm ist es völlig gleichgültig, was die Ermittler herausfinden, und die Untersuchungsergebnisse unserer Abteilung interessieren ihn einen Dreck. Er will Sie persönlich zur Strecke bringen.«

»Ich dachte ... ich dachte, ich wäre als Angestellter im öffentlichen Dienst des Staates Massachusetts immun gegen solche Klagen. Da gibt es doch die so genannte Regelung der Amtshaftung des Staates Massachusetts, und die besagt, dass bei dienstlichen Handlungen nur der Staat verklagt werden kann, nicht der betreffende Polizist.«

»Es stimmt, dass niemand gegen Sie persönlich eine Zivilklage anstrengen kann, Bobby. Aber das hier ist kein

Zivilprozess, sondern eine vorläufige Anhörung, mit dem Ziel, Strafanzeige zu stellen. Es geht um ein Kapitalverbrechen, was heißt, dass Sie ins Gefängnis wandern, falls Sie schuldig gesprochen werden. Dieser Mensch will sich seine Trauer nicht mit einer Schadensersatzzahlung versüßen lassen, sondern Sie fertig machen, Bobby.«

Bobbys Beine gaben nach, sodass er unsanft auf dem Hinterteil landete. Als er ruckartig nach links kippte, packte Bruni ihn am Arm. Dann setzte sich der Lieutenant ebenfalls auf den Randstein. Die beiden Männer verharrten reglos in einer Lücke zwischen zwei Autos, und eine Weile sagte keiner von ihnen ein Wort.

»Mein Gott«, stieß Bobby schließlich hervor.

»Tut mir leid, Bobby. Ich schwöre, dass ich auch noch nie von sowas gehört habe. Haben Sie einen Anwalt?«

»Ich dachte, die Gewerkschaft stellt mir einen.«

»Die Gewerkschaft kann Ihnen hier nicht helfen, da Sie persönlich angeklagt sind und nicht der Staat Massachusetts oder die Polizeibehörden. Sie sind in dieser Sache ganz allein.«

Bobby stützte den Kopf in die Hände. Er war zu müde und zu betrunken, um sich damit auseinander zu setzen, und er fühlte sich, als hätte der November auch noch den letzten Rest seiner Kraft aus ihm herausgesaugt.

»Ich hatte Recht, zu schießen«, protestierte er.

»Ich kenne niemanden, der etwas anderes behauptet.«

»Der Mann wollte seine Frau umbringen.«

»Ich habe mir heute Nachmittag die Aufzeichnung des Funkverkehrs mit der Kommandozentrale angehört. Sie sind genau nach Vorschrift vorgegangen, Bobby. Sie haben die Ereignisse geschildert, genau beschrieben, was geschah, und sich so verhalten, wie Sie es in Ihrer Ausbildung gelernt haben. Vielleicht werden Sie es sonst von niemandem hören, aber ich bin stolz auf Sie, Bobby.

Sie hatten einen Auftrag, und Sie haben sich nicht davor gedrückt.«
Bobby versagte die Stimme. Er musste seinen Nasenrücken mit zwei Fingern zusammenkneifen, um die Tränen zu unterdrücken, die ihm plötzlich in die Augen stiegen. Mein Gott, war er müde. Und was noch schlimmer war, er war betrunken.
»Wird er damit durchkommen?«, fragte er schließlich. »Immerhin ist der Typ Richter und hat Geld und Einfluss. Mist, von meinem Gehalt kann ich mir keinen Prozess leisten. Heißt das, dass er gewinnt?«
»Keine Ahnung«, erwiderte Bruni, doch sein tiefer Seufzer war ein Hinweis darauf, dass er mehr wusste.
»Ich kapiere das nicht. Jimmy war bewaffnet und hat Frau und Kind mit der Pistole bedroht. Hat das denn gar nichts zu bedeuten? Ist das seinen Eltern egal?«
»Die Sache ist ein wenig komplizierter.«
»Warum? Weil er reich ist und ein Haus in Back Bay hat? Seine Familie zu misshandeln, ist und bleibt strafbar, ganz gleich, wie viel Geld man besitzt.«
Der Lieutenant verstummte.
»Was gibt es denn noch?«, bohrte Bobby nach. »So reden Sie schon, verdammt.«
Wieder seufzte Bruni tief auf. »In dem Gerichtsantrag streiten die Gagnons auch gar nicht ab, dass Jimmy bewaffnet war und dass er die Pistole auf seine Frau richtete, aber sie sagen ... Ihrer Ansicht nach ist es die Frau, die in diesem Haus die Probleme verursacht hat, Bobby. Laut Gerichtsantrag hat Catherine Gagnon ihren Sohn misshandelt. Und falls Jimmy sie wirklich bedroht hat, dann nur, um seinem Sohn das Leben zu retten.«

7

Nathan hatte sich den ganzen Tag übergeben. Nun schlief er endlich, ein blasses, schwächliches Geschöpf, das in dem hellblauen Deckenhaufen viel zu zart wirkte. Seine Wimpern lagen wie dunkle Schatten auf seinen Wangen, und sein eingefallenes Gesicht wirkte viel zu klein und zu alt für ein nur vierjähriges Kind.

Als Maryanne und James am Morgen die Nachrichten gesehen hatten, waren sie sofort aus dem Bett gesprungen. Allerdings wirkten sie bei ihrer Ankunft viel zu geschniegelt und gebügelt für ein Elternpaar, das noch im Halbschlaf vom Tod seines Sohnes erfahren hatte. Die beiden hatten Nathan seitdem nicht aus den Augen gelassen.

Natürlich hatte Maryanne – die hellblauen Augen weit aufgerissen und mit zitternden Händen – die hilflose Naive gegeben.

»Ich kann es nicht fassen«, wiederholte sie unablässig in ihrem aufgesetzten Südstaatenakzent. Nach vierzig Jahren in Boston konnte sie, wenn sie wollte, noch immer klingen wie eine Figur aus einem Stück von Tennessee Williams.

Allerdings hatte Catherine bemerkt, dass den beiden trotz ihres theatralischen Gehabes nichts entging: Junge, mager und apathisch, steht offenbar unter Druck. Junge läuft nicht zu seiner Mutter, sondern klammert sich an sein Kindermädchen. Junge hat einen frischen Bluterguss auf der Stirn.

Zwei Mal hatte Maryanne versucht, Catherine für ein »Gespräch unter vier Augen« beiseite zu nehmen. Doch

sie hatte sich nicht von der Stelle gerührt. Prudence, das englische Kindermädchen, kannte ihre Aufgaben und war von Catherine wegen ihres Pflichtgefühls und ihres ausgesprochenen Sinns für Diskretion eingestellt worden. Allerdings war sie noch nicht lange bei ihr, und obwohl Catherine ihr strikte Anweisung gegeben hatte, Nathan auch nicht eine Minute mit seinen Großeltern allein zu lassen, wusste sie nicht, ob es dem Mädchen gelingen würde, sich durchzusetzen. James konnte, wenn er wollte, sehr charmant sein. Catherine traute ihm durchaus zu, Prudence um eine Tasse Tee zu bitten, und wenn sie nur einen Moment hinausging, war die Schlacht verloren.
Dieses Risiko konnte Catherine sich auf keinen Fall leisten. Inzwischen nicht mehr.
Selbstverständlich hatten Maryanne und James ihr angeboten, sie könne doch mit Nathan bei ihnen wohnen. Nach den »schrecklichen Ereignissen« der letzten Nacht bräuchten sie sicher eine Unterkunft, um Abstand von dieser »tragischen Szene« zu gewinnen. Um Himmels willen, Catherine, denk doch an den Jungen. Er ist wirklich ziemlich blass um die Nase.
Schließlich hatte James die Geduld verloren. Sobald Prudence Nathan aus dem Zimmer geführt hatte – wahrscheinlich musste er sich wieder übergeben –, hatte sich die geballte Wucht seiner Wut ungebremst gegen Catherine gerichtet.
»Glaub bloß nicht, dass du damit durchkommst. Jimmy hat uns erzählt, was hier gespielt wird. Meinst du wirklich, du hättest letzte Nacht gewonnen? Denkst du, es hätte deine Probleme gelöst, Jimmy umzubringen? Denn eins sage ich dir: Deine Probleme haben gerade erst angefangen.«
Einen Moment hatte Catherine es tatsächlich mit der Angst zu tun bekommen. Ihr fiel die neue Alarmanlage

ein, die Jimmy vor sechs Monaten hatte einbauen lassen. Sie war nicht eingeschaltet gewesen. Das Lämpchen hatte nicht geleuchtet. Da war sie ganz sicher. Im nächsten Moment wurde ihr klar, dass sie zu lange geschwiegen hatte und dass James sie noch immer mit eiskaltem und anklagendem Blick musterte. Also richtete sie sich zu voller Größe auf und erwiderte so herablassend wie möglich: »Ich habe keine Ahnung, wovon du redest, James. Und wenn du mich jetzt bitte entschuldigen würdest. Ich muss die Beerdigung meines Mannes organisieren.«

Mit klopfendem Herzen und zitternden Händen rauschte sie aus dem Zimmer und hörte kurz darauf, wie ihre Schwiegereltern Türen knallend das Haus verließen. Dann war es bis auf Nathans Würgegeräusche im Flur wieder still.

Nathan hatte nicht geweint. Weder letzte Nacht, noch heute. Vermutlich würde er es auch nicht tun. In dieser Hinsicht war er Catherines Sohn. Alles – die Arzttermine, die ständigen Spritzen und die qualvollen Untersuchungen – ließ er trockenen Auges und ohne eine Miene zu verziehen über sich ergehen. Bei den Krankenschwestern war er sehr beliebt, obwohl er schon zusammenzuckte, wenn sie ihn nur berührten.

Sicher würde er heute Nacht wieder Albträume haben. Schreckliche Träume, in denen er wild um sich schlug. Wenn er erwachte, schrie er etwas von Schmerzen und Spritzen und verlangte, dass die Ärzte ihn endlich in Ruhe ließen. Manchmal – allerdings kam das seltener vor – rief er in die Dunkelheit hinein, er müsse ersticken, und verlangte, dass im Haus alle Lichter angeknipst wurden. Dass ihr persönlicher Albtraum auch der ihres Sohnes geworden war, faszinierte Catherine und machte ihr gleichzeitig Angst.

Prudence würde sich um ihn kümmern. So wie Beatrice,

Margaret, Sonya, Cloe und Abigail vor ihr. So viele Gesichter, dass Catherine sie beinahe vergessen hatte. Natürlich erinnerte sie sich an Abby, die erste. Jimmy hatte sie eingestellt, als Nathan erst eine Woche alt gewesen war. Eigentlich hatte Catherine kein Kindermädchen gewollt, weil sie plante, ihren Sohn selbst zu versorgen und ihn sogar zu stillen. Doch schon nach einer Woche war sie, benommen vom Schlafentzug, durchs Haus getaumelt, mit einem Baby, das sich ständig an ihrer von Milchflecken bedeckten Brust erbrach. Sie konnte nicht mehr essen und nicht mehr schlafen und schaltete wie unter Zwang Lichter ein.

Sie hielt das Geschöpfchen im Arm, das so klein und so hilflos war, dass es mehr wimmerte als schrie, und fühlte sich von seiner schieren Zerbrechlichkeit überfordert. Überall lauerten Gefahren. Babys starben. Sie verhungerten, wurden misshandelt, erkrankten an der Grippe, fielen aus dem Fenster oder erlagen dem plötzlichen Kindstod. Sie wurden in vorbeifahrende Autos gezerrt, von Spielplätzen weggelockt und von Priestern missbraucht. Und es gab noch viel Schlimmeres, davon hatte sie gehört. Manche Erwachsenen empfanden das Weinen kleiner Kinder tatsächlich als erregend. Selbst ein Säugling, ein schwacher, hilfloser Säugling, konnte schuldlos in die falschen Hände geraten und zur Beute eines Perversen werden.

Wie viele Babys schrien in diesem Moment vor Hunger und wurden dafür geschlagen? Wie viele Babys blickten voller Hoffnung in die Augen der Person, der sie anvertraut waren, und ernteten dafür nur einen Schlag auf den Kopf? Wie viele Kinder wurden täglich geboren, unschuldig, niedlich und ohne Grenzen, nur um von den Menschen verdorben zu werden, die ihnen das Leben geschenkt hatten?

Catherine fehlte die Kraft dafür. Die Welt war zu schlecht

und Nathan zu klein. Er würde sie brauchen, und sie würde versagen. Und dieses Scheitern würde sie endgültig zerstören.
Sie ertrug es nicht, ihn im Arm zu halten, brachte es aber auch nicht über sich, ihn in sein Bettchen zu legen. Es gelang ihr nicht, ihn zu lieben, doch sie hielt es nicht aus, getrennt von ihm zu sein. Stattdessen zerfiel sie in unzählige winzige Scherben, eine übermüdete junge Mutter, die mit ihrem neugeborenen Sohn durch die Flure wanderte und lautlos in sich zusammenbrach.
Am siebten Tag war Jimmy mit einem jungen Mädchen im Schlepptau erschienen. Freundlich hatte er Catherine alles erklärt und dabei ganz langsam gesprochen und nur kurze Wörter verwendet, weil sie im Moment nicht mehr verstehen konnte. Von nun an würde Abby sich um Nathan kümmern. Abby würde ihn füttern. Abby würde ihn versorgen. Catherine solle sich hinlegen. Jimmy hatte ihr ein Glas Saft mitgebracht. Und zwei Tabletten. Wenn sie die schluckte, würde alles besser werden. Und so hatte es seinen Anfang genommen. Catherine tauschte ihr Baby gegen eine Dosis Valium ein. Danach war es nicht mehr so schwierig, ein paar Tage in einer Schönheitsfarm zu verbringen, anschließend eine Woche in Paris und zwei Wochen in Rom.
Das erste Kindermädchen war da, und seitdem war Catherine für ihr Kind nur noch eine Besucherin.
Abby kam gut mit Nathan zurecht. Sie fütterte ihn mit Babynahrung auf Sojabasis, sodass sich sein empfindlicher Magen beruhigte. Sie las ihm die erste Geschichte vor, kam in den Genuss seines ersten Lächelns und war dabei, als er den ersten Schritt machte. Abends hörte Catherine sie am anderen Ende des Flurs. Abby las mit ihrer weichen Singsangstimme »Good Night Moon«, während Nathan sich an ihre Brust kuschelte und leise wohlige Geräusche von sich gab.

An seinem ersten Geburtstag war Nathan hingefallen. Als Catherine ihn aufheben wollte, hatte er noch lauter geschrien und in Gegenwart aller anderen Eltern nach seinem Kindermädchen verlangt. Dann hatte er die Arme um Abbys Hals geschlungen und das Gesicht an ihrem Hals vergraben.
Gleich am nächsten Tag hatte Catherine die Frau vor die Tür gesetzt. Und Nathan hatte einen Monat lang geweint.
Nach Abby war Chloe gekommen, ebenfalls ausgesucht von Jimmy. Sie war eine zierliche kurvenreiche Französin, und es hatte Catherine nicht einmal gewundert, sie eines Tages beim Nachhausekommen mit Jimmy im Bett anzutreffen. Was war auch anderes zu erwarten, wenn der eigene Ehemann ein »Kindermädchen« mitbrachte, das freimütig gestand, noch nie eine Windel gewechselt zu haben?
Danach übernahm Catherine die Einstellung des Personals. Sie hielt sich lieber an ältere Frauen mit Erfahrung, die sich auskannten und in der Lage waren, einen gewissen Abstand zu ihrem Schützling zu wahren. Sie waren zu reif, um anziehend auf Jimmy zu wirken, zu respektvoll, um anzumerken, wie wenig Zeit Catherine mit ihrem Kind verbrachte, und zu selbstgerecht, um je zu ahnen, wie viele Nächte Catherine in Nathans Zimmer stand und mit wild klopfendem Herzen ihrem zarten Sohn beim Schlafen zusah.
Inzwischen hatte Nathan wohlbehalten seinen vierten Geburtstag gefeiert. Und trotzdem sah Catherine vor ihrem geistigen Auge noch immer einen zerbeulten blauen Chevy in ihre Straße einbiegen: Hallo, Kleine. Ich suche einen entlaufenen Hund.
Natürlich brauchte Nathan gar keinen Fremden, der ihm Albträume verursachte, denn ihm drohte innerhalb dieser vier Wände Gefahr.

Zwei Uhr morgens. Sie musste endlich einschlafen. Allerdings wusste sie, dass sie kein Auge zutun würde. Die Presse parkte immer noch vor dem Haus, und ungeduldige Journalisten lauerten wie die Geier auf einen Skandal. Ab und zu fuhr ein Streifenwagen vorbei. Die Polizisten kontrollierten die Umgebung, hielten ein Auge auf die Reporter und warfen Blicke in den dritten Stock hinauf.

Schon wenige Stunden nach Jimmys Tod hatte Catherine ihre erste Aussage bei der Polizei gemacht. Kühl, ruhig und gefasst. Sie war stolz auf sich gewesen. Mein Mann ist sehr aufbrausend. Er trinkt und gerät dann in Wut. Diesmal hatte er irgendwo eine Pistole aufgetrieben. Weshalb wir gestritten haben? Ist das so wichtig? Gibt es denn eine Rechtfertigung dafür, dass ein Mann seine Frau mit einer Waffe bedroht? Ja, ich hatte Angst. Offen gestanden, Detective, dachte ich, mein letztes Stündlein hätte geschlagen.

Auch mit Nathan hatten die Beamten sprechen wollen. Aber Catherine hatte sie abgewimmelt. Mein Sohn ist zu müde, zu traumatisiert, zu krank. So hatte sie Zeit gewonnen. Bis auf weiteres.

Den Großteil der letzten Nacht und des heutigen Morgens hatten die Ermittler im Schlafzimmer verbracht. Inzwischen war der Raum mit einem gelben Band abgesperrt. Teile des Teppichs waren entfernt worden. Man hatte Glasscherben zusammengefegt und die Bettwäsche mitgenommen. Eine Plastikplane bedeckte das Loch, wo früher die Schiebetür aus Glas gewesen war. Allerdings hatte die Kälte keine Mühe, die Folie zu durchdringen, und der Wind trug unzählige Gerüche ins Haus.

Blut. Urin. Schießpulver. Tod.

Vermutlich hielten die Nachbarn sie für verrückt, weil sie im Haus blieb. Und Presse und Polizei empfanden sicher ebenso. Vielleicht schadete sie Nathan damit ja wirklich. Möglicherweise war sie tatsächlich nicht mehr ganz richtig im Kopf. Aber wohin sollten sie denn gehen? Ihr Vater würde mit einer Situation wie dieser überfordert sein. Und zu ihren Schwiegereltern zu flüchten hätte geheißen, sich in die Höhle des Löwen zu begeben. Es konnte ja auch sein, dass da hinterhältig-geheime Kräfte am Werk waren. Ob sie einfach noch nicht bereit war, zu gehen? Dieses Haus, dieses Zimmer, mehr war ihr von Jimmy nicht geblieben. Und obwohl ihr das niemand, am allerwenigsten ihre Schwiegereltern, glauben würden, hatte sie Jimmy geliebt. Sie hatte gehofft und – auch wenn sie nicht sehr fromm war – darum gebetet, dass es nie so weit kommen würde.

Nun duckte sie sich unter dem Absperrband durch und betrat das Schlafzimmer, eine eiskalte, gespenstische, in Schwarzweißtönen gehaltene Kammer. Zarte Vorhänge blähten sich, und die Plastikplane vor der zerschmetterten Schiebetür ächzte und stöhnte. Hier waren die Gerüche stärker, ein durchdringendes Rostaroma, das ihr die Nase zuschnürte und Erinnerungen wachrief.

Sie ging zum Bett, ließ die Hand über die nackte Matratze gleiten und starrte auf die dunklen Blutspritzer. Dann legte sie sich mitten auf die riesige, leere Fläche.

Jimmy, als er sie zum ersten Mal sah und ihr, mitten in einem überfüllten Kaufhaus, sein typisches schiefes Grinsen zuwarf. »Hallo, Parfümdame, was muss ein Mann tun, um einen kleinen Spritzer abzukriegen?«

Jimmy, wie er mit ihr ins Bett gegangen und wie ihm anschließend klar geworden war, dass sie überhaupt nichts gespürt hatte. Er hatte versucht, verständnisvoll zu reagieren: »Ach, Liebling, weißt du was? Dann müssen wir eben mehr üben.«

Jimmy, der den Ring hervorkramte und sich dann auf die Knie warf, um ihr einen Antrag zu machen. Jimmy, der ins Taumeln geriet, als er sie über die Schwelle trug. Jimmy, der ihr neun oder zehn Kinder versprach. Jimmy, außer sich vor Glück, als sie ihm sagte, dass sie schwanger sei. Jimmy, der sie mit Diamanten und Perlen überschüttete. Jimmy, der sie auf spontane Einkaufstouren entführte und ihr die halbe Stadt zu Füßen legte.

Jimmy, der mit dem Hausmädchen, dem Kindermädchen und ihren Freundinnen schlief. Jimmy, der sich in die Kneipe verdrückt hatte, als Nathan zum ersten Mal in die Notaufnahme musste. Jimmy, der mit der Faust ein Loch in die Wand schlug, als sie anzudeuten wagte, er solle doch weniger trinken. Jimmy, der ihr die Faust in die Rippen rammte, als sie so unvorsichtig war, zu erwähnen, dass mit Nathan etwas nicht stimmen könnte.

Dann, vor sechs Monaten, hatte Jimmy das Versteck mit den Briefen von ihrem Liebhaber gefunden. Um vier Uhr morgens war er ins Schlafzimmer gekommen, hatte sie einfach auf den Bauch gedreht, sie in die Matratze gepresst und sie anal vergewaltigt.

»Vielleicht hätte ich das von Anfang an machen sollen«, sagte er danach. »Dann hättest du möglicherweise etwas gespürt.«

Einige Stunden später saßen sie einander am Frühstückstisch gegenüber, und er plauderte über das Wetter. Jetzt rollte Catherine sich auf der Matratze zusammen. Sie legte die Hand auf die leere Stelle, wo ihr Mann früher geschlafen hatte. Und sie erinnerte sich an den letzten Ausdruck auf seinem Gesicht, in dem Moment, als die Kugel in die empfindliche Stelle hinter dem Ohr eindrang, und kurz bevor sie, den harten Schläfenknochen zerschmetternd, wieder austrat. Seine Miene war weder anziehend noch verwegen noch charmant gewesen, sondern nur abgrundtief enttäuscht.

Inzwischen fragte sie sich, was ihn wohl mehr erbittert hatte, sein eigener unmittelbar bevorstehender Tod oder die Tatsache, dass es ihm nicht gelungen war, sie zuerst umzubringen?
Aus Nathans Zimmer ertönte ein Poltern. Prudence rief ihren Namen, und Catherine hastete den Flur entlang, überrascht von den Tränen auf ihrem eigenen Gesicht.

Im Krankenhaus wurden laute Anweisungen gegeben und unmittelbar befolgt. Ein Nadelstich, und eine Schwester hatte die Blutprobe genommen. Noch ein schmerzhafter Piekser, und die Infusion saß. Ein drittes Bohren, und man hatte Nathan einen Katheter angelegt. Nathans nur fünfzehn Kilo schwerer Körper zuckte im Krankenhausbett und bäumte sich, im Versuch, sich hochzusetzen, auf. Seine Wangen glühten, auf seinen Armen und Beinen glänzte der Schweiß. Sein Leib war schmerzhaft angeschwollen, und bei jedem seiner mühsamen Atemzüge schien es ihm die Brust zusammenzuziehen.
»Starke Schmerzen im Oberbauchbereich«, rief ein Assistenzarzt.
»Temperatur vierzig Grad«, meldete eine Krankenschwester. »Puls einhundertfünfzig, Blutdruck einhundertfünfzehn zu vierzig ...«
Dr. Rocco bellte bereits Befehle. »Ich brauche zwei Milligramm Morphium, kalte Kompressen, Nährlösung. Los, los, Bewegung, Leute.«
Bei ihrer ersten Konfrontation mit dieser Schreckensszene hatte Catherine am ganzen Leib gezittert wie Espenlaub. Inzwischen ertrug sie alles mit der verbissenen Miene eines Kriegsveteranen, während zwei Krankenschwestern den sich wild sträubenden Nathan auf das Bett drückten. Zwei andere schnitten seinen mit Cowboys bedruckten Pyjama auf und schlossen den Jun-

gen mit Kabeln an den Herzmonitor an. Als Nathan vor Schmerzen schrie, wurde ihr Griff fester.

So ging es immer weiter. Nathan kämpfte um sein Leben, das Krankenhauspersonal versuchte gewaltsam, ihn zu beruhigen.

Später, als das Schlimmste vorbei war, Schwestern und Assistenzärzte sich dringenderen Fällen zugewandt hatten und Nathan – bewusstlos, stoßweise atmend, eine winzige Gestalt verloren in einem eisernen Krankenhausbett – allein zurückblieb, nahm Dr. Rocco sie beiseite.

»Catherine ... ich weiß, dass es für dich zurzeit zu Hause ziemlich schwierig sein muss ...«

»Ach wirklich?« Die Antwort war zu barsch ausgefallen, und Catherine bereute ihren heftigen Tonfall schon im nächsten Moment. Sie wandte sich von Dr. Rocco ab und starrte an die viel zu weiße Wand. Das Piepsen des Herzmonitors zählte zuverlässig Nathans Herzschläge mit. Manchmal verfolgte sie dieses Geräusch bis in den Schlaf.

»Jimmy, wir müssen etwas wegen Nathan unternehmen.«

»Mein Gott, Catherine, kannst du den armen Jungen nicht einfach in Ruhe lassen?«

»Jimmy, schau ihn dir doch nur an. Er ist krank. Sehr schwer krank ...«

»Ach, ja? Die ganzen teuren Untersuchungen, zu denen du ihn geschleppt hast, haben nichts ergeben. Vielleicht ist ja nicht Nathan das Problem, Cat. Allmählich frage ich mich, ob es nicht an dir liegt.«

»Catherine, er hat schon wieder Bauchspeicheldrüsenentzündung. Das ist jetzt bereits das dritte Mal in diesem Jahr. Mit seinen schwachen Herzen und in seinem Gesundheitszustand ist er mit diesen ständigen schweren Infektionen völlig überfordert. Seine Leber ist vergrößert, und er zeigt immer noch Symptome von Unterernährung. Seit ich ihn zuletzt gesehen habe, hat er sogar noch ein halbes Kilo abgenommen. Hast du die abgesprochene Diät eingehalten? Viele kleine Mahlzeiten, nur Sojaprodukte?«

»Es ist so schwierig, ihn zu überreden, dass er etwas isst.«

»Was ist mit Lieblingsspeisen?«

»Er mag den Sojajogurt, aber selbst dann ist er nach ein paar Löffeln satt.«

»Er muss aber essen.«

»Ich weiß.«

»Und er muss seine Vitamine nehmen.«

»Wir versuchen es ja.«

»Vierjährige bekommen keine Magersucht.«

»Ich weiß«, flüsterte sie hilflos. »Ich weiß. Kannst du denn gar nichts tun?«, fügte sie zögernd hinzu.

»Catherine ...« Der Arzt seufzte auf. Nun war er es, der an die Wand blickte. »Ich überweise dich an Dr. Iorfino.«

»Du schickst mich zu einem anderen Arzt?«

»Er hat am Montag um fünfzehn Uhr Zeit für dich.«

»Aber ein anderer Arzt heißt doch weitere Untersuchungen.«

»Ich weiß.«

»Tony ...« Das Wort klang wie ein Flehen.

Schließlich sah Dr. Rocco sie an. »Der Leiter der Kinderklinik hat mich offiziell gebeten, den Fall abzugeben. Tut mir leid, Catherine.«

Endlich fiel es Catherine wie Schuppen von den Augen. James. Ihr Schwiegervater hatte sich mit Dr. Rocco oder seinen Vorgesetzen in der Krankenhaushierarchie – oder sogar beiden – in Verbindung gesetzt. Die genauen Hintergründe spielten keine Rolle. Tony Rocco hatte als Nathans Arzt und ihr Verbündeter ausgedient.

Bemüht ruhig stand sie auf und achtete darauf, das Kinn hoch und den Rücken gerade zu halten. So anmutig wie

möglich hielt sie Dr. Rocco die Hand hin. »Danke für deine Hilfe, Herr Doktor«, murmelte sie.
Er zögerte kurz. »Tut mir leid, Cat«, erwiderte er leise. »Dr. Iorfino ist ein guter Arzt.«
»Alt, kahlköpfig und übergewichtig?«, höhnte sie.
»Ein guter Arzt«, wiederholte Tony.
Sie ging hinaus und den Flur entlang bis zum Fenster der Intensivstation, wo sie zusehen konnte, wie sich Nathans magere Brust in einem Meer von Schläuchen hob und senkte. Wenn sein Fieber am Morgen gesunken und die Infektion abgeklungen war, würde sie ihn mit nach Hause nehmen.
Sie würde den richtigen Moment abpassen müssen, um ihm von dem neuen Arzt zu erzählen. Vielleicht war es das Beste, wenn Prudence zuvor mit ihm ins Kino ging, als eine Art Belohnung sozusagen. Möglicherweise war es aber auch ratsamer, abzuwarten, bis er sich ohnehin schon elend fühlte. Dann spielte eine Hiobsbotschaft mehr oder weniger keine Rolle mehr, und man konnte sozusagen zwei Fliegen mit einer Klappe schlagen.
Prudence würde da sein. Prudence würde seine Hand halten, wenn er irgendwann doch weinte.
Catherine hielt es in der Intensivstation nicht länger aus. Die Sehnsucht nach Licht und frischer Luft trieb sie in den Aufenthaltsraum für die Familien. Hier vermieden die Menschen den Blickkontakt und kümmerten sich nicht um die berühmt-berüchtigte Witwe, deren Mann gerade erschossen worden war, denn sie waren voll und ganz mit ihren eigenen Sorgen beschäftigt.
Allerdings gab es Ausnahmen von dieser Regel.
Sobald Catherine eintrat, kam ein Mann auf sie zu. Er trug einen braunen Anzug und ein schlecht sitzendes Toupet und wollte offenbar etwas von ihr.
»Catherine Rose Gagnon? Hiermit gelten diese Papiere als zugestellt.«

Verdattert nahm Catherine das Aktenbündel entgegen, fast ohne die erstaunten Blicke der anderen Familien zu bemerken. Der Mann verschwand so schnell, wie er gekommen war, ein Eindringling, der wusste, dass er hier nicht hingehörte. Catherine war wieder allein, in einem Raum voller Fremder, die alle abwarteten, während ein geliebter Angehöriger am Ende des Flurs mit dem Tode rang.

Catherine entfaltete das dicke Dokument und las die Überschrift. Obwohl sie glaubte, an alles gedacht zu haben, traf es sie dennoch wie ein Blitz aus heiterem Himmel. Ihr wurde flau im Magen.

Und dann begann sie zu lachen, ein hysterisches Kichern, das wie eine Luftblase in ihrer Kehle aufstieg.

»Oh, Jimmy, Jimmy, Jimmy«, stieß sie, halb lachend, halb schluchzend hervor. »Was hast du getan?«

In einem dunklen Zimmer des dunklen Hauses läutete das Telefon ein einziges Mal. Der Anruf wurde erwartet, was jedoch nicht verhinderte, dass die Empfängerin von Aufregung ergriffen wurde.

»Robinson?«, fragte der Anrufer.

»Ja.«

»Haben Sie ihn gefunden?«

»Ja.«

»Steht die Abmachung?«

»Wenn Sie sich an Ihren Teil der Vereinbarung halten, wird er es auch tun.«

»Gut. Ich überweise Ihnen das Geld.«

»Ihnen ist doch bewusst, welches Risiko Sie eingehen, oder?«, stieß Robinson hervor. »Er war ein Mörder, bevor er ins Gefängnis kam, er war ein Mörder, während er saß, und jetzt ...«

Der Anrufer fiel Robinson ins Wort. »Vertrauen Sie mir. Genau das liegt auch in meiner Absicht.«

8

Bobby wachte benommen auf, weil irgendwo ein Telefon läutete. Im ersten Moment lag er da, blinzelte zur Decke hinauf und stellte fest, dass sein Schädel pochte. Mein Gott, stank er nach Bier!

Dann läutete das Telefon wieder, und ein kurzer Gedanke, ein Hoffnungsschimmer, zuckte ihm durch den Kopf: Susan. Er grapschte nach dem Hörer. »Hallo?«

Die Frau am anderen Ende der Leitung war nicht Susan, und Bobby war selbst überrascht, wie sehr ihn das enttäuschte.

»Robert Dodge?«

»Wer spricht da?«

»Catherine Gagnon. Ich glaube, Sie haben meinen Mann erschossen.«

Ach, du meine Güte! Bobby fuhr hoch. Da die Jalousien heruntergezogen waren, herrschte Dunkelheit im Raum, und er konnte sich zunächst nicht orientieren. Unstet huschte sein Blick durchs Zimmer und blieb zu guter Letzt an der Uhr auf dem Nachttisch hängen. Er las die rot leuchtenden Ziffern ab. Viertel vor sieben Uhr morgens. Er hatte nur etwa drei oder vier Stunden geschlafen. Nicht genug für so ein Gespräch.

»Wir dürfen nicht miteinander reden«, sagte er.

»Ich rufe nicht an, um Ihnen Vorwürfe zu machen.«

»Wir dürfen nicht miteinander reden«, wiederholte er, diesmal mit mehr Nachdruck.

»Officer Dodge, wenn Sie nicht eingegriffen hätten, wäre ich jetzt nicht mehr am Leben. Ist es das, was Sie hören wollen?«

»Mrs Gagnon, inzwischen sind Strafanträge und Anwälte im Spiel. Wir dürfen keinen Kontakt miteinander haben.«
»Verstanden. Ich glaube, ich müsste es unbeobachtet zum Isabella-Stewart-Gardner-Museum schaffen. Und Sie?«
»Gute Frau ...«
»Ich bin ab elf dort. Im Verona-Zimmer.«
»Viel Spaß bei der Besichtigung.«
»Kennen Sie diesen Spruch, Officer Dodge? Der Feind deines Feindes ist dein Freund. Sie und ich, wir beide haben denselben Feind, und das heißt, dass wir die einzigen sind, sie sich aufeinander verlassen können.«

Um viertel nach elf traf Bobby Catherine vor einem Porträt von Whistler, das vor leuchtend blauen Farbschattierungen strotzte. Das Bild stellte eine liegende Frau dar, nackt, wohlgerundet und in bunte orientalische Stoffe geschmiegt. Catherine Gagnon mit ihrer nüchternen Ausstrahlung war das genaue Gegenteil davon. Langes schwarzes Haar, auf Figur geschnittenes schwarzes Kleid, hohe, dünne Absätze. Selbst von hinten war sie eine sehr attraktive Frau. Schlank, stilvoll und der Inbegriff von Wohlstand und makelloser Eleganz. Bobby kam zu dem Schluss, dass sie zu mager für seinen Geschmack war, zu sehr verwöhnte Zicke. Doch dann drehte sie sich um, und er spürte, wie sich in seinem Unterleib etwas zusammenzog. Es musste an ihrer Art liegen, sich zu bewegen, dachte er. Oder vielleicht auch daran, wie ihre dunklen, riesengroßen Augen ihr schmal geschnittenes Gesicht beherrschten.
Sie musterten einander, und eine ganze Weile blieben sie reglos stehen.
Als Bobby sie zum ersten Mal gesehen hatte, hatte sie auf ihn wie eine dunkle Madonna gewirkt, eine zart gebaute

Mutter, die sich beschützend über ihren kleinen Sohn beugte. Nun aber, unter dem Eindruck der Vorwürfe, dass sie ihr Kind misshandelte, erschien sie ihm eher wie eine schwarze Witwe. Sie war kühl. Und ziemlich mutig, ihn so einfach anzurufen. Außerdem, so überlegte er sich, aller Wahrscheinlichkeit nach sehr gefährlich.

»Keine Sorge«, sagte sie leise, ohne sich von der Stelle zu rühren. »Wir sind hier in einem Kunstmuseum. Kameras verboten, schon vergessen?«

»Schlau«, musste er zugeben, worauf sie ihm ein kurzes Lächeln schenkte, bevor sie sich wieder zu dem Bild umwandte.

Schließlich trat er auf sie zu und stellte sich ebenfalls vor den Whistler, allerdings in gebührendem Abstand zu ihr. Der Raum war noch ziemlich leer. Anfang November war in Boston keine Touristensaison. Zu spät, um den Anblick bunter Herbstblätter zu genießen, und zu früh für die Weihnachtseinkäufe. Deshalb mussten Bobby und Catherine den prächtig ausgestatteten Raum des in einer Villa untergebrachten Museums auch nur mit vier anderen Menschen teilen, und die schienen sich nicht für sie zu interessieren.

»Mögen Sie Whistler?«, fragte Catherine.

»Ich bin eher ein Pedro-Martinez-Fan.«

»Glauben Sie also auch daran, dass ein Fluch auf den Red Sox lastet?«

»Bis jetzt hat mir noch niemand das Gegenteil bewiesen.«

»Mir gefällt diese Studie von Whistler«, fuhr Catherine fort. »Die langen, sinnlichen Linien des Frauenkörpers im Kontrast zu dem üppigen blauen Stoff. Ich finde das ausgesprochen erotisch. Was meinen Sie? War diese Frau nur ein Modell, oder ist sie Whistlers Geliebte geworden, nachdem das Bild fertig war?«

Bobby schwieg. Aber sie schien auch keine Antwort zu erwarten.

»Ihm eilte nämlich der Ruf eines Schwerenöters voraus. Im Jahr 1888, nur wenige Jahre nach diesem Bild, heiratete er angeblich die Liebe seines Lebens, Beatrice Godwin. Acht Jahre später starb sie an Krebs. Was für ein Jammer. Wussten Sie, dass Whistler aus dieser Gegend war? Er wurde in Lowell, Massachusetts, geb...«

»Eigentlich bin ich nicht wegen der Bilder hier.«

Sie zog nur die Augenbraue hoch. »Schade, finden Sie nicht? Es ist ein wundervolles Museum.«

Als ihr Bobby wieder einen finsteren Blick zuwarf, gab sie sich schließlich geschlagen. »Lassen Sie uns nach oben gehen. In den zweiten Stock.«

»Mehr Whistler?«

»Nein, weniger Leute.«

Sie stiegen die breite, geschwungene Treppe zur obersten Etage des Museums hinauf. Unterwegs kamen sie an weiteren Besuchern und Wachmännern vorbei, die mit steinernen Mienen in den Ausstellungsräumen standen. Vor vierzehn Jahren hatten zwei Diebe, verkleidet als Beamte der Bostoner Polizei, dreizehn Bilder gestohlen, und die Wachen hatten die schlechte Presse nicht vergessen, die dieses Verbrechen dem Museum eingebracht hatte. Inzwischen betrachteten sie jeden vorbeischlendernden Besucher ganz genau, sodass Bobby es vorzog, den Blick abzuwenden.

Endlich in der zweiten Etage angekommen, stellte er fest, dass er schwerer atmete, als ihm lieb war. Auch Catherine Gagnon gelang es nicht, die gewünschte Gelassenheit auszustrahlen. Bobby bemerkte, dass ihre seitlich herabhängenden Hände zitterten. Als hätte sie seinen Blick gespürt, ballte sie die Fäuste, um es zu verbergen.

Während Bobby ihr bis in den hintersten Raum folgte, fielen ihm wider Willen einige Dinge auf. Der Duft ihres Parfüms zum Beispiel, schwer und ein wenig nach Zimt und unter der Oberfläche brodelnder Hitze duftend. Oder ihr leichter, geschmeidiger, katzenartiger Gang. Sicher trieb sie Sport. Seiner Vermutung nach Yoga oder Pilates. Jedenfalls war sie bestimmt kräftiger, als sie aussah.

Der hinterste Raum in der zweiten Etage war menschenleer. Bobby und Catherine stellten sich in einem wie zufällig wirkenden Abstand zueinander auf. Dann begann Catherine zu reden.

»Ich habe meinen Mann geliebt«, sagte sie leise. »Ich weiß, wie komisch das für Sie klingen muss. Als ich Jimmy kennenlernte, war er ... aufregend, großzügig, reizend. Er unternahm mit mir Spritztouren nach Paris und Einkaufsbummel. Ich ... ich habe in meiner Jugend etwas Schlimmes erlebt. Etwas Trauriges. Doch nachdem ich Jimmy begegnet war, schien alles plötzlich in Ordnung zu sein. Er war einfach für mich da und hat mir im wahrsten Sinne des Wortes den Kopf verdreht. Er war mein Ritter in schimmernder Rüstung.«

Bobby fragte sich, was »etwas Trauriges« wohl zu bedeuten hatte. Außerdem war er neugierig, warum Catherine Gagnon ihm das alles erzählte. Immerhin hatte er Jimmy Gagnon getötet. Er wollte nichts Persönliches über diesen Mann erfahren.

»Ich habe mich in Jimmy geirrt«, fügte Catherine unvermittelt hinzu. »Jimmy war kein Ritter in schimmernder Rüstung, sondern ein gewalttätiger Alkoholiker, ein charismatischer Mann, der seine Mitmenschen um den Finger wickelte. Er lächelte einen an, wenn er es schaffte, seinen Willen durchzusetzen, und bedrohte einen mit dem Messer, sobald es nicht nach seinen Vorstellungen lief. Er verkörperte alle Eigenschaften, die mein zukünftiger Ehemann, wie ich mir geschworen hatte, niemals haben dürfte. Aber ich erkannte es nicht. Ich begriff es erst, als es schon viel zu spät war, und dann

fragte ich mich ... Ich hatte es doch eigentlich besser gewusst. Warum also hatte ich trotzdem einen Menschen wie ihn geheiratet?«
Sie brach so plötzlich ab, als müsse sie sich in letzter Minute einen Kraftausdruck verkneifen. Wieder wandte sie sich ab, aber ihre Schritte klangen nun hart, als sie aufgebracht in dem kleinen Raum auf und ab ging.
»Hat er Sie geschlagen?«, erkundigte sich Bobby.
»Ich kann Ihnen die Verletzungen zeigen.« Sofort wanderten ihre Hände zum Gürtel ihres Kleides. Er hielt sie mit einer Handbewegung zurück.
»Warum haben Sie das nicht der Polizei gesagt?«
»Es waren Bostoner Polizisten. Jimmys Vater, Richter Gagnon, hatte bereits eindeutige Anweisungen gegeben: Falls Jimmy in Schwierigkeiten geraten sollte, sollten die Polizisten ihn verständigen, damit er sich persönlich darum kümmern könnte. Jimmy prahlte gerne damit. Insbesondere kurz bevor er mich bewusstlos schlug.«
Bobby runzelte die Stirn. Geschichten wie diese, die von pflichtvergessenen Polizisten handelten, schmeckten ihm gar nicht. Allerdings deckte sich die Schilderung mit dem, was die beiden Kollegen von der Bostoner Polizei ihm erzählt hatten: Jimmy Gagnon sei ein ziemlicher Rabauke gewesen und habe seinen Vater als seine ganz persönliche »Sie kommen aus dem Gefängnis frei«-Karte benutzt.
»Und Ihren Sohn?«
»Jimmy hat Nathan nie angerührt. Dann hätte ich ihn nämlich verlassen.« Die Antwort kam zu schnell.
»Für mich reicht es, dass der Typ Sie verprügelt hat. Das wäre doch eigentlich genug Grund gewesen, den Kleinen zu nehmen und abzuhauen. Selbstverständlich hätten Sie dann auf einige finanzielle Annehmlichkeiten verzichten müssen.«
»Jimmy hatte kein Geld.«

»Ach, wirklich? Und wie kommt er dann zu einem Haus mitten in Back Bay?«
»Sein Vater hat es gekauft. Die meisten Sachen, die wir hatten, gehörten eigentlich seinem Vater. Jimmys Geld liegt in einem Treuhandfonds fest. Sein Vater ist der Vermögensverwalter und verteilt es nach Gutdünken. Diese Klausel hat Jimmys Urgroßvater mütterlicherseits festgelegt, der viel Geld im Ölgeschäft gemacht hat und befürchtete, zukünftige Generationen könnten das Familienvermögen verschleudern. Seine Lösung sah so aus, die Gelder in Treuhandfonds zu stecken, die erst aufgelöst werden dürfen, wenn der Erbe das fünfundfünfzigste Lebensjahr vollendet. So hat es bis jetzt jede Generation gehalten. Also ist die Familie wohlhabend. Maryanne hat an ihrem fünfundfünfzigsten Geburtstag eine wirklich unanständige Summe geerbt, aber Jimmy ... Jimmy besaß kein eigenes Geld.«
»Und nun nach Jimmys Tod?«
»Das Geld geht direkt an Nathan über, ebenfalls in Form eines Treuhandfonds. Ich bekomme keinen Cent. Ich kann sehen, wo ich bleibe.«
Bobby war noch nicht überzeugt. »Aber Nathans Sorgeberechtigte ist doch sicherlich finanziell abgesichert.«
»Nathans Sorgeberechtigte erhält eine monatliche Apanage«, räumte Catherine ein. »Offenbar gehen Sie davon aus, dass ich das sein werde. Allerdings wurden mir heute Morgen Gerichtsakten zugestellt: James und Maryanne wollen das Sorgerecht für Nathan einklagen. Sie behaupten, dass ich vorhabe, ihn umzubringen. Können Sie sich das vorstellen, Officer Dodge? Eine Mutter, die ihrem eigenen Sohn etwas antut?«
Sie trat auf ihn zu und blieb dicht vor ihm stehen, näher als es bei Fremden normalerweise üblich ist. Wieder stieg ihm ihr Parfüm in die Nase, und er bemerkte die Kuhle an ihrem blassen, schlanken Hals und das lange

schwarze Haar, das ihr wie ein üppiger Vorhang über den Rücken fiel und ebenso sinnlich wirkte wie der blaue Stoff auf dem Porträt von Whistler.
Obwohl sie sich weder bewegte noch ein weiteres Wort von sich gab, verspürte Bobby den Wunsch, sie zu berühren. Sie hatte etwas an sich, das ihn als Mann ansprach und ihn förmlich anflehte, sie besitzen zu wollen. Sie spielte mit ihm und setzte ihren Körper absichtlich als Waffe ein, um ihm, dem armen, vertrottelten Staatspolizisten, den Kopf zu verdrehen. Und das Seltsame daran war, dass Bobby, obwohl er das genau wusste, versucht war, einen Schritt nach vorne zu machen und sie an sich zu pressen.
»Mein Sohn ist im Krankenhaus«, murmelte sie.
»Was?«
»Er liegt auf der Intensivstation. Bauchspeicheldrüsenentzündung. Das mag für Sie nicht weiter lebensbedrohlich klingen, aber bei einem Jungen wie Nathan kann es verhängnisvolle Folgen haben. Mein Sohn ist krank, Officer Dodge, sehr krank, und die Ärzte finden die Ursache nicht. Deshalb geben meine Schwiegereltern mir die Schuld. Und wenn sie es schaffen, glaubhaft zu vermitteln, dass ich für die Krankheit meines Sohnes verantwortlich bin, können sie ihn mir wegnehmen. Dann haben sie ihren Enkel – und das Geld – für sich. Außer, Sie helfen mir.«
Bobby ließ den Blick ihren Körper hinuntergleiten. »Und warum sollte ich Ihnen helfen?«
Sie lächelte. Es war ein sehr weibliches Lächeln, aber zum ersten Mal konnte Bobby den Anflug eines Gefühls in ihren Augen erkennen. Sie war traurig.
»Wir brauchen einander«, erwiderte sie leise. »Denken Sie an die Anhörung ...«
»Sie wissen davon?«
»Natürlich. Die beiden Anträge gehören zusammen, Of-

ficer Dodge. Die Sorgerechtsklage stellt die Grundlage der Anhörung dar. Wenn ich Nathan misshandle, sind Sie ein Mörder.«

»Ich habe niemanden ermordet.«

Ihre Finger huschten über seine Brust. »Selbstverständlich nicht. Ebenso wenig wie ich auch nicht im Traum daran denken würde, meinem Sohn Schaden zuzufügen.« Sie beugte sich näher heran, sodass ihr Atem seine Lippen streifte. »Vertrauen Sie mir etwa nicht, Officer Dodge? Das sollten Sie aber. Mir bleibt nämlich nichts anderes übrig, als Ihnen zu vertrauen.«

Bobby musste an die frische Luft. Er verließ das Museum, fuhr mit dem Taxi nach Hause und stand dann wie ein Idiot mitten in seinem Wohnzimmer herum. Zum Teufel damit. Er ging joggen.

Die G Street hinunter bis in die Columbia Road. Dann in Richtung Park, wo links von ihm der Verkehr vorbeidröhnte und wo rechts der Ozean lag. Von der Heights Street in die Point Street, vorbei am historischen Badehaus in der L Street, wo die ordentlichen zweigeschossigen Häuser allmählich von gewaltigen Villen abgelöst wurden. Als er Castle Island erreichte, peitschte der Wind ihm ins Gesicht, und das Meer schlug ans Ufer. Das Wetter hier war rau. Der Wind hatte eine fast körperliche Präsenz und stemmte sich ihm entgegen, als er weiterlief. Bobby kämpfte sich zur Steinmauer des alten Aussichtspunkts durch und beobachtete, wie die Flugzeuge am Logan-Airport langsam in den Himmel aufstiegen und im ersten Moment aussahen, als würden sie mit ihren Bäuchen die Insel streifen. Außerdem gab es hier einen Spielplatz, und auf der Rutsche tollten in dicke Wintersachen eingemummte Kinder herum.

Bobby setzte sich wieder in Bewegung. Der Wind trug melodisches Kinderlachen heran. Inzwischen zogen immer mehr junge Familien nach Südboston. Früher hatten hier die Arbeiterkinder gespielt, die aus den verschiedenen Sozialbausiedlungen zu Fuß nach Castle Island kamen. Mittlerweile gehörten die Eltern eher der Mittelschicht an, aber ihr Nachwuchs tobte noch genauso wild herum.

Bobby machte sich auf den Heimweg. Sein Atem ging schwer, und der Nebel in seinem Kopf lichtete sich allmählich.

Zu Hause angekommen, griff er nach den Gelben Seiten und erledigte, immer noch schweißtriefend, einige Anrufe. Beim dritten Versuch hatte er den gewünschten Teilnehmer erreicht.

»Wir haben einen Nathan Gagnon auf der Intensivstation«, beantwortete eine Krankenschwester seine Frage. »Er wurde gestern Nacht eingeliefert.«

»Wie geht es ihm?«

»Tja, normalerweise legen wir Gesunde nicht auf die Intensivstation.« Die Schwester wollte offenbar komisch sein.

»Ich meine, wie ist sein Zustand? Ich bin bei der Staatspolizei von Massachusetts.« Bobby ratterte seine Dienstnummer herunter.

»Ernst, aber stabil«, erwiderte die Schwester.

»Bauchspeicheldrüsenentzündung«, erinnerte sich Bobby. »Ist das lebensbedrohlich?«

»Kann sein.«

»Und in diesem Fall?«

»Da müssen Sie mit seinem Kinderarzt sprechen. Dr. Rocco.«

Bobby notierte den Namen. »War der Junge schon öfter bei Ihnen?«

»Ein paar Mal. Aber Sie sollen wirklich mit Dr. Rocco reden, Officer.«

»Schon gut. Nur noch eine Frage, wenn es Ihnen nichts ausmacht.«

Offenbar überlegte die Schwester und kam schließlich zu dem Ergebnis, dass sie nichts dagegen hatte. »Und die wäre?«

»Wurde der Junge je wegen anderer Beschwerden eingeliefert? Sie wissen schon, Knochenbrüche, unerklärliche Blutergüsse?«

»Meinen Sie, ob er häufig die Treppe runtergefallen ist?«, erkundigte die Frau sich spöttisch.

»Genau. Wie kommt er denn so mit Treppen zurecht?«

»Zwei Knochenbrüche in den letzten zwölf Monaten. Den Rest können Sie sich ja denken.«

»Zwei Knochenbrüche in den letzten zwölf Monaten«, wiederholte Bobby leise. »Nicht zu fassen. Danke, Sie haben mir sehr geholfen.« Er legte auf.

Die Gelben Seiten offen auf dem Schoß, saß Bobby auf der Stuhlkante. Der Schweiß tropfte ihm von der Nase und auf das dünne Papier. Wieder spürte er die tiefe, schlammige Dunkelheit in sich. Und er dachte sich, dass es da etwas gab, was er heute noch lieber tun würde, als zu schlafen oder sogar mit Susan zu sprechen, nämlich auf einen Schießstand zu gehen und irgendetwas zu Klump zu schießen.

Was sagte das wohl über ihn aus?

Ein kluger Mann hätte die Begegnung mit Catherine Gagnon vergessen. Schließlich hatte er nur seine Pflicht als Polizist getan. Jetzt war es an der Zeit, das Kapitel abzuhaken und sich neuen Aufgaben zuzuwenden.

Selbstverständlich hätte sich ein kluger Mann auch nicht mit einer Frau wie Catherine in einem öffentlichen Museum getroffen. Und außerdem zerbrach sich ein kluger Mann nicht den Kopf über einen kleinen Jungen, den er kaum kannte.

Bobby klappte die Gelben Seiten zu.

»Dr. Rocco«, sagte er sich und ging erst einmal in aller Ruhe duschen.

9

Bobbys Mobiltelefon läutete, während er das Haus verließ. In Boston verzichtete Bobby lieber auf sein Auto, denn allein schon die Parkgebühren hätten ihn in den Ruin getrieben. Außerdem fehlte ihm, wie er sich eingestehen musste, der Mut, sich ohne Blaulicht in den Verkehr zu stürzen. Als er deshalb mit gesenktem Kopf und hochgezogenen Schultern zur Bushaltestelle ging, fühlte er sich so auffällig wie einer der gesuchten Schwerverbrecher in einer Fernseh-Fahndungssendung.

Ein Glück, dass Jimmy Gagnon ein Weißer gewesen war, dachte Bobby. Sonst hätte er sich nämlich gar nicht mehr vor die Tür wagen können.

Wieder piepste sein Telefon. Argwöhnisch klappte er es auf, und der Wind verwehte seine Stimme, als er sich meldete.

»Ja?«

»Bobby? Gott sei Dank. Ich versuche schon seit gestern Nacht, dich zu erreichen.«

»Hallo, Pop.« Bobby war – zumindest ein bisschen – erleichtert. Er ging weiter; seine Beine legten die sechs Häuserblocks zur Bushaltestelle zurück. »Ich habe dich heute Morgen angerufen, bin aber leider nicht durchgekommen.«

»Ich musste den Hörer von der Gabel nehmen. Die verdammten Reporter haben mir einfach keine Ruhe gelassen.«

»Tut mir leid.«

»Ich habe denen nichts gesagt. Elende Mistkerle.« Bobbys Vater verabscheute Journalisten fast ebenso wie Prä-

sidenten, die der demokratischen Partei angehörten. »Alles okay bei dir? Du wirst doch wegen der Geschichte keine Schwierigkeiten bekommen?«
»Ich arbeite daran.«
»Bei vollem Gehalt vom Dienst suspendiert?«
»Bis die Ergebnisse der Staatsanwaltschaft vorliegen.«
»Ich habe mich ein bisschen umgehört«, meinte Pop. Vor langer, langer Zeit war Bobbys Vater einmal unter seinem richtigen Namen Larry bekannt gewesen. Doch dann hatte er eine Werkstatt für Waffenreparaturen eröffnet, um seine Rente aufzubessern. Viele seiner Kunden waren Kollegen von Bobby und hatten angefangen, ihn ebenfalls Pop zu nennen, bis der Name irgendwann hängen geblieben war. Diese Entwicklung hatte Bobby überrascht, denn er war sicher gewesen, dass sein eigentlich brummiger, abweisender Vater sich gegen diese Vertraulichkeit verwahren würde. Aber Larry stieß sich offenbar nicht daran und schien sich manchmal richtiggehend geschmeichelt zu fühlen. Bobby kam zu dem Schluss, dass alles im Leben einem stetigen Wandel unterworfen war. Und in gewisser Hinsicht versuchte Bobby ja selbst, sich zu verändern.
»Mir ist nur Positives zu Ohren gekommen«, sagte Pop leise. »Du hast getan, was du tun musstest.«
Bobby zuckte die Achseln. »Danke«, hätte zu schnoddrig geklungen, alles andere wäre ungnädig gewesen.
»Bobby ...«
»Ich weiß, ich hätte mir mehr Mühe geben sollen, dich zu erreichen«, fiel Bobby ihm ins Wort. »Es war nicht richtig, dass ich mich nicht gemeldet habe.«
»Es liegt nicht daran ...«
Rasch sprach Bobby weiter, um so viel wie möglich loszuwerden, bevor ihn der Mut verließ. »Ich glaube, es hat mich schlimmer erwischt, als ich gedacht hätte. Das heißt nicht, dass ich den Schuss bereue. Schließlich

konnte ich nur auf das reagieren, was ich gesehen habe, und das hat mir gesagt, dass ich schießen muss. Aber der kleine Sohn des Typen war im Zimmer. Keine anderthalb Meter entfernt hat er gesessen, als ich seinem Vater die Rübe weggepustet habe. Jetzt muss der Kleine mit meiner Tat leben. Ich muss damit leben, und ich ...«
Bobbys Stimme erstarb und klang zittriger, als ihm lieb war. Mein Gott, wie war er denn nur in diese Situation geraten?
Diesmal versuchte Pop nicht, etwas zu erwidern.
»Es geht mir sehr nah, Pop«, fuhr Bobby, inzwischen etwas ruhiger, fort. »Ich hätte das nie gedacht, aber es geht mir nah. Und letzte Nacht ... letzte Nacht habe ich mir ein Bier genehmigt.«
Sein Vater antwortete nicht sofort. »Ich habe gehört, es war eher ein halbes Dutzend«, meinte er schließlich.
»Ja, ja, du hast Recht. Eher fünf oder sechs.«
»Hat es geholfen?«
»Nein.«
»Wie ging es dir heute früh?«
»Miserabel.«
»Und was machst du heute Abend?«
»Das habe ich hinter mir. Es war ein Ausrutscher, und ich habe meine Lektion gelernt. Kommt nicht wieder vor.« Bobby konnte der Versuchung nicht widerstehen. »Und du?«, fragte er.
»Ich war brav«, entgegnete Pop. »Ein Arschloch in der Familie ist genug, findest du nicht?«
Bobby konnte sich ein Schmunzeln nicht verkneifen. »Ja, ein Arschloch ist genug.«
»Und Susan?«, brummte sein Vater. »Da du jetzt genug Zeit hast, könntest du sie mal zu Besuch mitbringen.«
»Ich weiß nicht.«
»Was weißt du nicht, mein Sohn?«
»Keine Ahnung ... eine ganze Menge.«

»Komm mich besuchen, Bobby. Mit dem Auto ist es nur eine halbe Stunde. Wir könnten uns mal einen Nachmittag unterhalten.«

»Das sollte ich wirklich tun.« Wie sie beide wussten, hieß das, dass es nie geschehen würde. Pop gab sich Mühe, Bobby gab sich Mühe, doch da war einfach zu vieles, was sie beide weder vergeben noch vergessen konnten.

»Pop, ich muss aufhören.« Bobby sah eine kleine Menschentraube an der Bushaltestelle. Als eine ältere Frau ihn anstarrte, erwiderte er ihren Blick, ohne mit der Wimper zu zucken.

»Hast du mit deinem Bruder gesprochen?«

»Nein.«

»Ich rufe ihn an. Wäre nicht schön, wenn er es aus den Nachrichten erfährt.«

»Pop, George wohnt in Florida.«

»Schon, aber solche Geschichten entwickeln manchmal ein Eigenleben.«

Interessanterweise gelang es Bobby ausgerechnet im Krankenhaus nicht, jemanden auf sich aufmerksam zu machen.

Nachdem er sich zehn Minuten am Empfang die Füße platt gestanden hatte, wurde er ungeduldig und ging hinüber zum Krankenhaus-Wegweiser, der neben dem Aufzug hing.

Dr. Anthony J. Rocco hatte sein Büro im zweiten Stock. Bobby nahm die Treppe.

Als er oben angekommen war, atmete er schwer. Er stand vor einem verglasten Wartezimmer voller Kinderspielzeug und rotznasiger Kleinkinder. Zwei der Kleinen weinten. Eines versuchte, sich ein Blechauto in den Schlund zu stopfen. »Kinderklinik Boston« stand auf dem Schild. Bobby beschloss, dass es wohl am besten war, hier anzufangen.

Die Empfangsdame an der Theke würdigte ihn kaum eines Blickes, sondern schob ihm nur ein Aufnahmeformular und einen angeknabberten Bleistift hin, während sie, lautstark Gummi kauend, weiter telefonierte. Also musste Bobby warten, bis sie aufgelegt hatte, um ihr zu erklären, dass er kein Patient sei, sondern nur mit Dr. Rocco sprechen wolle. Das stürzte die Frau in arge Verwirrung, worauf er ihr seine Dienstmarke hinhielt und sich als Polizist vorstellte. Damit gelang es ihm endlich, ihr eine Reaktion zu entlocken, denn sie sprang von ihrem Stuhl auf und hastete, auf der Suche nach dem großen Dr. Rocco, den Flur entlang.

Bobby wusste nicht, ob er sich freuen oder schämen sollte. Eigens für diesen Anlass hatte er eine Khakihose, ein Oberhemd und sein bestes Sakko angezogen und sich als Detective von der Mordkommission verkleidet – ein Beweis dafür, dass selbst Staatspolizisten offenbar zu häufig vor dem Fernseher saßen.

Vor sechs oder sieben Jahren hatte Bobby mit dem Gedanken gespielt, die Uniform eines Streifenpolizisten an den Nagel zu hängen und als Detective zur Kriminalpolizei zu gehen. Polizisten in Uniform galten als die kleinsten Rädchen im Getriebe, als Kanonenfutter, was selbst auf eine so elitäre Truppe wie die Staatspolizei zutraf. Detectives benutzten ihren Verstand, Streifenpolizisten führten Befehle aus. Bobby habe doch den nötigen Grips, hatte sein Sergeant ihn gedrängt. Warum also wolle er den Rest seines Lebens in einem Streifenwagen herumkurven?

Bobby war noch immer unentschieden, als er hörte, dass in der STOP-Einheit eine Stelle frei geworden war. Er reichte seinen Lebenslauf ein und unterwarf sich dem strengen Auswahlverfahren. Er musste Bewerbungsgespräche bestehen, sein Geschick im Umgang mit verschiedenen Spezialwaffen beweisen und hohe kör-

perliche Anforderungen erfüllen. Danach kamen die Sonderaufgaben. Man ließ die Bewerber an Seilen baumeln, um festzustellen, ob sie an Höhenangst litten, setzte sie starkem Qualm aus, damit man sah, wie sie unter extremem Stress reagierten, quälte sie mit starker Kälte und Hitze und befahl ihnen, mit vierzig Kilogramm Ausrüstung durch den Schlamm zu robben und bis zu drei Stunden lang reglos in einer Stellung zu verharren. Dabei wurden ihnen immer wieder dieselben Leitsätze eingehämmert: Ein taktisches Team konnte jederzeit überall eingesetzt werden. Und zwar in jeder beliebigen Situation und unter allen vorstellbaren äußeren Bedingungen. Deshalb musste man schnell denken, laufen und reagieren können und durfte keine Angst kennen. Wer das Auswahlverfahren überstand, hatte anschließend die Ehre, vier Tage monatlich der Ausbildung widmen, sämtliche Nächte und Wochenenden opfern und sieben Tage pro Woche rund um die Uhr in Rufbereitschaft sein zu dürfen. Und all das ohne auch nur einen Cent zusätzliche Bezahlung. Der taktischen Einheit beizutreten, war eine reine Frage des Stolzes. Man wollte zu den Besten gehören und wissen, dass man als Team – und als Einzelner – jede Krisensituation bewältigen konnte.
Bobby hatte den Einstellungstest bestanden, die offene Stelle bekommen und seine Entscheidung nie bereut. Er war cin guter Polizist und diente in einer Eliteeinheit. Zumindest hatte er das bis vor zwei Tagen geglaubt.
Mit geröteten Wangen und atemlos kehrte die Empfangsdame zurück.
»Dr. Rocco hat jetzt Zeit für Sie.«
Im Wartezimmer stimmte ein Kleinkind ein erneutes Protestgeheul an. Erleichtert flüchtete sich Bobby durch die angrenzende Tür.
Dr. Rocco saß in einem kleinen Büro auf halber Höhe des

Flurs. Sein Schreibtisch ächzte unter Aktenbergen, und die Wände waren mit Kinderzeichnungen und Impfplänen zugepflastert. Bobby fielen sofort einige Dinge auf. Erstens war Dr. Rocco schätzungsweise Ende Dreißig bis Anfang Vierzig, also jünger, als er ihn sich vorgestellt hatte. Und zweitens hätte Bobby nicht erwartet, dass der Arzt so gut aussah: Dr. Rocco hatte dichtes dunkles Haar und einen athletischen Körperbau und verströmte einen aalglatten Countryclub-Charme. Außerdem las Dr. Rocco offenbar den Boston Herald, denn er wusste genau, wer Bobby war.

»Ich habe einige Fragen zu Nathan Gagnon«, begann Bobby.

Zunächst schwieg Dr. Rocco und musterte Bobby nur abschätzend. Wunderte er sich, woher Bobby den Mut nahm, sein Gesicht in der Öffentlichkeit zu zeigen? Oder überlegte er, ob er sich auf die ärztliche Schweigepflicht berufen sollte? Endlich hob Dr. Rocco wieder den Blick, und Bobby erkannte einen Ausdruck in seinen Augen, mit dem er gar nicht gerechnet hatte: Angst.

»Nehmen Sie Platz«, meinte der Arzt schließlich, wies auf einen mit Papieren zugepflasterten Stuhl und griff, ein wenig verspätet, nach dem Stoß. »Wie kann ich Ihnen helfen?«

»Soweit ich informiert bin, sind Sie Nathan Gagnons behandelnder Arzt«, sagte Bobby.

»Ja, seit dem letzten Jahr. Nathan wurde von einer Kollegin, Dr. Wagner, an mich überwiesen, weil sie mit ihm nicht weiterkam.«

»Leidet Nathan an einer Krankheit?«

»Offiziell gilt er als entwicklungsgestört.«

»Was genau ist darunter zu verstehen?« Bobby förderte einen kleinen Spiralblock und einen Stift zutage.

»Er gedeiht einfach nicht. Und zwar von Geburt an. Nathan liegt, was Körpergröße, Gewicht und die wichtigsten Eckpunkte der kindlichen Entwicklung betrifft, hinter seinen Altersgenossen zurück. Er entwickelt sich nicht ›normal‹.«

Unsicher, ob er alles richtig verstanden hatte, runzelte Bobby die Stirn. »Der Junge ist zu klein?«

»Tja, das ist eines der Probleme. Seine Körpergröße befindet sich mit fünfundachzig Zentimetern am unteren Rand für einen Vierjährigen, und sein Gewicht – dreizehn Kilo – lässt sich gar nicht mehr statistisch erfassen. Allerdings ist die mangelnde Körpergröße nicht das einzige Symptom.«

»Das müssen Sie mir näher erklären.«

»Von Geburt an leidet Nathan an Erbrechen, Durchfall und Fieberattacken. Außerdem macht er einen unterernährten Eindruck. Er hatte bereits Rachitis, seine Blutphosphatwerte sind zu niedrig, und dasselbe gilt für den Blutzuckerspiegel. Wie bereits gesagt, ist er auch in Bezug auf alle anderen für die Entwicklung wichtigen Eckdaten zurückgeblieben. Er hat sich erst mit elf Monaten zum ersten Mal aufgesetzt, mit achtzehn Monaten die ersten Zähne bekommen und konnte erst mit sechsundzwanzig Monaten laufen. All das ist kein gutes Zeichen. Außerdem scheint sich sein Zustand im letzten Jahr verschlimmert zu haben. Er hat zwei Anfälle von akuter Bauchspeicheldrüsenentzündung und zwei Knochenbrüche erlitten, und er gedeiht einfach nicht.«

Bobby blätterte eine Seite in seinem Notizblock um. »Befassen wir uns mit den Knochenbrüchen. Ist es nicht ungewöhnlich, wenn sich ein Vierjähriger innerhalb eines Jahres zwei Mal etwas bricht?«

»Nicht bei einem Patienten wie Nathan.«

»Was soll das heißen?«

»Nathan leidet an Hypophosphatemie – verringerten Phosphatwerten. Da bei ihm noch eine Rachitis hinzukommt, sind seine Knochen ungewöhnlich brüchig, so-

dass es leicht zu Verletzungen kommt. Ich möchte hinzufügen, dass er außerdem zu Blutergüssen neigt.«
Bobby blickte überrascht auf. »Warum sagen Sie das?«
»Deshalb sind Sie doch hier, oder? Sie wollen herausfinden, ob Nathan misshandelt wurde. Um sich selbst zu beweisen, dass Sie den Richtigen getötet haben. Was mich betrifft, finde ich, dass Sie Ihre Sache gut gemacht haben«, fügte Dr. Rocco leise hinzu.
Bobby runzelte die Stirn. Er hatte nicht damit gerechnet, dass das Gespräch eine solche Wendung nehmen würde, und fühlte sich von der Direktheit seines Gegenübers überrumpelt, was ihm gar nicht gefiel.
»Glauben Sie, dass Nathan misshandelt wurde?«, erkundigte er sich barsch.
»Es gibt viele Möglichkeiten, einem Kind wehzutun«, erwiderte Dr. Rocco.
»Hat jemand Nathan die Knochen gebrochen?«
»Nein, daran war die Rachitis schuld. Das konnte ich an den Röntgenaufnahmen erkennen.«
Bobby lehnte sich zurück. Dr. Roccos Antworten brachten ihm keine Klarheit, sondern warfen nur weitere Fragen auf. »Was also fehlt dem Kleinen? Warum ist er ständig krank?«
»Ich weiß es nicht.«
»Sie wissen es nicht?«
»Genau das will die Diagnose Entwicklungsstörungen eigentlich besagen – dass wir im Dunkeln tappen. Da wir keinen genauen Grund erkennen können, wird der Zustand des Jungen unter dem allgemeinen Begriff Entwicklungsstörung zusammengefasst.«
»Aber Sie müssen doch einige Untersuchungen durchgeführt haben.«
»Natürlich. Wir haben mit den üblichen Tests angefangen – großes Blutbild, Bleiwerte, Urinanalyse, Elektrolytewerte. Außerdem haben wir ihn auf Diabetes, Sodbren-

nen, Absorbtionsstörungen und zystische Fibrose untersucht. Einer der besten Endokrinologen des Landes hat abgeklärt, dass weder eine Schilddrüsenerkrankung noch Stoffwechsel- oder Hormonstörungen im Spiel sind. Dann hat sich ein Nephrologe mit Nathans Nieren befasst und weitere Tests im Hinblick auf Elektrolyte, Diabetes und Anämie durchgeführt. Ich habe Nathan untersucht, mich eingehend mit ihm beschäftigt und ihn zu den besten Fachleuten geschickt, die ich kenne. Medizinisch fehlt Nathan Gagnon nicht das Geringste – abgesehen davon, dass er sehr schwer krank ist.«

Das Gespräch gefiel Bobby immer weniger. Er ließ seinen Stift zwischen den Fingern kreisen, legte ihn weg und griff dann wieder danach. »Sie konnten Jimmy Gagnon nicht leiden«, sagte er geradeheraus.

»Ich bin ihm nie begegnet.« – »Nie?«

»Nie. Nathan ist zwei bis drei Mal monatlich zu mir in die Sprechstunde gekommen. Außerdem wurde er in den letzten sechs Monaten vier Mal in die Notaufnahme eingeliefert. Und trotzdem habe ich Jimmy Gagnon kein einziges Mal gesehen. Das verrät doch so manches.«

Bobby ließ das geschniegelte Äußere des Kinderarztes auf sich wirken. »Und wann haben Sie angefangen, mit Catherine ins Bett zu gehen?«

Der Mann sparte sich die Mühe, Empörung vorzuspiegeln. »Sie hatte etwas Besseres verdient als ihn.«

»Eine vernachlässigte Ehefrau?«

»Schlimmer.« Mit eindringlicher Miene beugte sich Dr. Rocco vor. »Sie stellen nicht die richtigen Fragen. Bei Nathan mag es medizinische Gründe dafür geben, dass er zu Blutergüssen neigt. Aber bei Catherine liegen diese eindeutig nicht vor.«

»Hat Jimmy sie misshandelt?«

»Ich habe die Verletzungen selbst gesehen.«

»Blau geschlagene Augen.«

»Eines musste man dem Kerl lassen. Er hat sie nie so verprügelt, dass es für Außenstehende sichtbar war. Im Studium kannte ich einige Typen wie Jimmy. Sie hielten es für stilvoller, ihre Freundinnen heimlich zu vermöbeln.«
»Sie hätten Anzeige erstatten können.«
»Ach, wirklich? Damit mich irgendein Polizist so anschaut wie Sie jetzt? Auch wenn ich nicht mit ihr geschlafen hätte, hätte allein der Umstand, dass ich scharf auf sie war, genügt doch, damit keiner Ihrer Kollegen mich ernstnimmt.«
»Haben Sie je mit dem Gedanken gespielt, sich Jimmy selbst vorzuknöpfen?«
»Ab und zu.«
»Und?«
»Einmal bin ich sogar zu ihm gefahren, als ich wusste, dass Catherine und Nathan nicht zu Hause sein würden. Ich habe an die Tür geklopft, aber es hat niemand aufgemacht.«
»Und Sie sind nicht zurückgekommen? Der Kerl schlägt die Frau, die Sie lieben, und Sie stehen vor dem leeren Haus und geben einfach auf?« Bobbys Tonfall war kalt.
»Was hätte ich Ihrer Ansicht nach denn tun sollen?«, zischte Dr. Rocco. »Ihn mit der Waffe bedrohen?«
Dieser Seitenhieb war Absicht gewesen. Doch Bobby zuckte nur die Achseln und gab dem Mann eine ehrliche Antwort. »Das hätte ich zumindest getan.«
Endlich hatte Dr. Rocco den Anstand, zu erröten. Er lehnte sich zurück, verschränkte die Arme vor der Brust und starrte auf die Schreibtischplatte. »Ich habe ihr geraten, ihn zu verlassen«, meinte er schließlich.
»Und Sie hätten sie dann versorgt?« Bobby warf einen vielsagenden Blick auf die linke Hand des Arztes, die ein goldener Ring zierte.
Wieder ließ sich der gute Doktor nicht einschüchtern. »Ich hätte mich geehrt gefühlt.«

»Aber sie hat es nicht getan. Sie ist bei diesem Mistkerl geblieben.«

»Sie meinte, ich wüsste nicht, wovon ich redete. Wenn sie Jimmy verlassen würde, würde er ihr Leben zerstören und auch sonst jeden vernichten, der versuchte, ihr zu helfen.«

»Und Sie haben ihr geglaubt?«

»Nein. Ja. Ich weiß nicht. Ich kannte Jimmy Gagnon nicht persönlich, schon vergessen? Allerdings hatte ich einige Geschichten über ihn gehört. Dann, vor sechs Monaten, erfuhr Jimmy von unserer ... Beziehung.«

Bobby wartete ab.

»Am nächsten Tag stand ein Privatdetektiv bei mir auf der Matte und fragte mich über Nathan aus. Er legte eine unterschriebene Vollmacht von Jimmy vor, in der dieser die Herausgabe der Krankenakte seines Sohnes verlangte. Es dauerte keine zehn Minuten, bis mir klar wurde, worauf der Privatdetektiv herauswollte. Ihn interessierte, ob Nathans Zustand das Ergebnis von anhaltendem Nahrungsentzug oder einer anderen Form elterlicher Misshandlung sein könnte. Kurz gesagt vertrat er die Theorie, dass Nathans Krankheit von Catherine verursacht worden sein könnte.«

»Ist das möglich?«

»Ich glaube nicht.«

»Sie glauben nicht?« Bobby zog die Augenbrauen hoch. »Gerade haben Sie mir erklärt, dass der Kleine an einer schwer zu diagnostizierenden Krankheit leidet.«

»Solange keine eindeutige Ursache für Nathans Zustand vorliegt, darf ich nichts ausschließen. Selbstverständlich könnte ein Elternteil – oder alle beide – dem Kind die Nahrung verweigern. Möglicherweise tut ihm auch jemand etwas ins Essen oder beeinflusst ihn psychisch, damit er nichts zu sich nimmt. Als Arzt habe ich mit Catherine, Nathan selbst und den verschiedenen Kindermädchen über Nathans Essgewohnheiten gesprochen. Die Antworten haben mir versichert, dass der Junge in ausreichender Menge Lebensmittel erhält und ausgewogen ernährt wird. Doch letztlich bin ich nur der Arzt.«

»Also könnte er ein Misshandlungsopfer sein?«

»Es ist möglich«, gab Dr. Rocco ungeduldig zurück. »Allerdings halte ich es nicht für wahrscheinlich. Und dasselbe habe ich auch Jimmys Privatdetektiv erklärt. Aber es spielte sowieso keine Rolle mehr. Meine Beziehung mit Catherine endete, sie hat sich mit Jimmy versöhnt, und plötzlich war Schluss mit der Fragerei. Denn allein darum ging es Jimmy. Er wollte Catherine unmissverständlich klar machen, dass sie sich von ihrem Sohn verabschieden müsste und Bekanntschaft mit der Strafjustiz machen würde, falls sie ihn verlassen sollte. Als Catherine zu mir ins Büro kam, um mir zu sagen, dass sie sich von mir trennen wollte, konnte sie kaum aufrecht gehen. Ich habe es schon einmal gesagt, Officer Dodge: Meiner Ansicht nach haben Sie richtig gehandelt.«

Bobby musterte ihn argwöhnisch. »Meinen Sie, dass Nathan sich jetzt wie durch ein Wunder erholen wird?«

»Keine Ahnung. Und ehrlich gesagt bin ich auch nicht mehr dafür verantwortlich. Heute Morgen habe ich meine Rolle als Nathans behandelnder Arzt nämlich offiziell an Dr. Iorfino übertragen, und zwar auf Anweisung von Dr. Gerritsen, dem Leiter der Kinderklinik.«

»Sie wurden als Nathans Arzt gefeuert?«, verwunderte sich Bobby. »Von Ihrem eigenen Chef?«

»Sie können sich gar nicht vorstellen, wie viel Macht Richter Gagnon hat«, erwiderte Dr. Rocco leise. Dann breitete sich ein seltsames Lächeln auf seinem Gesicht aus. »Aber keine Angst, Officer, ich bin nicht so hilflos, wie Sie glauben. Dr. Iorfino ist Genetikspezialist. Sie mögen es als Bauchgefühl bezeichnen, doch ich denke, dass ich zuletzt lachen werde.«

10

Als Bobby das Krankenhaus verließ, bemerkte er Schritte hinter sich. Die Hände fest in den Taschen, ging er schneller und senkte den Kopf, als starre er auf den Gehweg. In Wirklichkeit jedoch gestattete ihm dieser Winkel einen Blick auf den Fußgänger hinter sich. Elegante Lederschuhe, schwarz und hoch glänzend, dachte er. Von der Sorte, die sein Vater Zuhälterschuhe nannte.

Scharf bog er nach links ab und konnte einen besseren Blick auf seinen Verfolger erhaschen, als dieser, ein wenig verspätet, kehrt machte. Langer Trenchcoat, beige, gut geschnitten, schwarze Anzughose, ordentliche Aufschläge. Anwalt, sagte sich Bobby. Und plötzlich ...

Er blieb ruckartig stehen, presste sich mit dem Rücken an ein Schaufenster und überrumpelte seinen Verfolger. Der Mann – älter, kräftig gebaut, schütteres, ordentlich gekämmtes braungraues Haar, das den oberen Rand seiner Ohren berührte – stoppte sofort, hielt die Hände hoch und setzte ein strahlendes Lächeln auf.

»Ach, da haben Sie mich wohl erwischt.«

»Und jetzt kommt die Stelle, an der ich Ihnen einen kräftigen Schubs gebe.« Bobby machte drohend einen Schritt auf den Mann zu, aber dieser schmunzelte nur.

»Was haben Sie vor, Officer Dodge? Mich auf offener Straße und in Gegenwart von Zeugen anzugreifen? Wir beide wissen, dass uns Konfrontationen Mann gegen Mann nicht liegen. Aber wenn man Ihnen natürlich ein Gewehr, fünfzig Meter Entfernung und ein dunkles Zimmer gibt ...«

Bobby packte den Mann am Revers. Drei Passanten, die die Auseinandersetzung beobachteten, traten hastig den Rückzug an. »Sie können es ja drauf ankommen lassen«, sagte er.

»Aber Bobby ...«

»Wer zum Teufel sind Sie?«

»Ein Freund.«

»Gut, Freund, ich gebe Ihnen dreißig Sekunden, um den Mund aufzumachen. Wenn nicht, setzt es was.«

Der Mann lachte ängstlich auf und erweckte nicht den Eindruck, als würde er noch einmal riskieren, Bobbys Warnungen in den Wind zu schlagen. »Ich wollte nur mit Ihnen reden«, meinte der Mann.

»Warum?«

»Weil ich Dinge weiß, die Sie hören sollten.«

»Anwalt?«

»Privatdetektiv.«

»Für wen?«

»Ach, kommen Sie, Bobby. Sie wissen genau, für wen.«

Bobby überlegte, und es fiel ihm wie Schuppen von den Augen. »James Gagnon.«

»Genau genommen Maryanne Gagnon. Offiziell ist sie diejenige, die Anklage erhebt. Übrigens heiße ich Harris.« Der Mann hielt ihm die Hand hin, aber Bobby achtete nicht darauf. »Harris Reed von der Detektei Reed und Wagner. Haben Sie schon mal von uns gehört?«

»Noch nie.«

»Jetzt sind wir quitt. Hätten Sie was dagegen, mich loszulassen? Vielleicht sollten wir einen kurzen Spaziergang unternehmen. Sie machen auf mich den Eindruck eines Menschen, der sich gern fit hält. Aber andererseits könnte es sein, dass Sie nach der Begegnung mit Catherine Gagnon ein wenig außer Atem sind.«

Langsam lockerte Bobby den Griff um den Kragen des Mannes. »Sie haben mich beschattet.«

»Sagen wir, dass ich mich ausgesprochen dafür interessiere, was Sie so treiben. Wollen wir?«
Harris wies auf den Gehweg. Bobby presste die Lippen zusammen, doch nach einer Weile setzte er sich widerstrebend in Bewegung. Seine Neugier war geweckt, und sein Begleiter wusste das.
»Sie ist wirklich eine Schönheit«, stellte der Privatdetektiv fest.
Bobby antwortete nicht.
»Wäre es nicht einfacher, wenn sie hässlich wäre?«, fragte Harris. »Ich stelle es mir schwierig vor, die Frau des Mannes, den man erschossen hat, zu treffen und sich nicht gegen den Gedanken wehren zu können, wie es wäre, mit ihr ins Bett zu gehen.«
»Kommen Sie endlich auf den Punkt.«
»Sie haben viele Fragen gestellt, Officer Dodge. Und solange Sie das tun, sollten Sie auch Antworten erhalten. Darf ich?«
Als Bobby nicht widersprach, begann der Privatdetektiv zu erzählen.
»Sie hat an der Parfümtheke bei Filene's gearbeitet«, fing er an. »Hat sie Ihnen das verraten? Ja, die elegante, wunderschöne Mrs Gagnon hat früher ihre Brötchen als Parfümverkäuferin verdient. Sie hat nicht nur das College abgebrochen, sondern besitzt auch sonst keine beruflich verwertbaren Kenntnisse. Also hat sie Parfüms verkauft, in einer von Ratten verseuchten Wohnung in Ostboston gelebt und ihre beiden Kleider abwechselnd getragen. Natürlich nur, bis sie Jimmy kennengelernt hat.«
»War Jimmy damals schon achtzehn?«
»Er war sogar bereits siebenundzwanzig.«
»Dann war er ein großer Junge und wusste, was er tat.«
»Das möchte man meinen«, stimmte Harris nachsichtig zu. »Aber bei einer Frau wie Catherine kann das Aussehen über so manches hinwegtäuschen.«

»Sie ist eine Teufelin in Gestalt eines Engels, bla, bla, bla. Jetzt rücken Sie schon raus mit der Sprache.«

»Jimmy Gagnon war ein ziemlicher Playboy. Bestimmt haben Sie schon von ihm gehört. Er war attraktiv, amüsierte sich gerne, tat, was ihm gefiel, und natürlich war er ausgesprochen großzügig. Außerdem hatte Jimmy einen gewaltigen Frauenverschleiß, und ich muss zugeben, dass seine Eltern sich allmählich Sorgen machten, er könnte nicht mehr in ein bürgerliches Leben zurückfinden. Dann lernte er Catherine kennen. Er lächelte ihr zu, sie besprühte ihn mit Parfüm, und der Rest ist, wie man so schön sagt, Geschichte.

Anfangs waren meine Brötchengeber, James und Maryanne, begeistert. Catherine machte einen reizenden, stillen und vielleicht sogar ein wenig schüchternen Eindruck. Und dann erzählte Jimmy ihnen von ihrem traurigen Leben.«

»Die Arme«, murmelte Bobby.

»Verzeihung?«

»Nichts.«

»Sie sollten einmal unter Catherines Namen nachschlagen. Schauen Sie sich alles an, was im Jahr 1980 unter dem Titel ›Thanksgiving-Wunder‹ steht. So wurde Catherine damals genannt. Sie war von einem Pädophilen entführt worden, der sie achtundzwanzig Tage lang in einem Erdloch als Sexsklavin hielt. Zufällig wurde sie von Jägern gefunden. Niemand weiß, was sonst aus ihr geworden wäre.

Jimmy war fasziniert von ihrer Geschichte. Sie hätten Catherine vor sechs Jahren sehen sollen, als sie sich kennenlernten. Ein wenig zu mager, riesige Augen und ein fadenscheiniges Kleid. Sie war nicht nur schön, sondern tragisch, eine hilflose Prinzessin in Not. Zu Jimmy sagte sie, bei ihm sei sie zum ersten Mal im Leben wirklich glücklich. Schon wenige Monate später waren sie verlobt, und bald wurde geheiratet. Catherine Gagnon kam, sah und siegte.«

Sie hatten bereits einen Häuserblock hinter sich und befanden sich auf halber Höhe des zweiten.

»Also bekam Jimmy eine schöne Frau und Catherine ein gut gefülltes Bankkonto.« Bobby zuckte die Achseln. »Aber das trifft doch bei den oberen Zehntausend auf die meisten Ehen zu. Was ist da das Problem?«

»Ihr Sohn. Als nur ein Jahr später Nathan zur Welt kam, erlitt Catherine einen Nervenzusammenbruch. Sie war mit der Mutterrolle schlicht und ergreifend überfordert. Da kriegten James und Maryanne es zum ersten Mal mit der Angst zu tun. Nicht nur deshalb, weil sie Jimmy so behandelte, sondern auch wegen Nathan.«

Unvermittelt wechselte Harris das Thema. »Catherine war erst zwölf, als Richard Umbrio sie auf offener Straße entführte. Früher war ich Polizist bei der Mordkommission von Baltimore. Doch ganz gleich, mit wie vielen Fällen man es auch zu tun hatte, Kindesentführungen nehmen einen immer am meisten mit. Die arme Kleine ging von der Schule nach Hause, und ehe sie sich versah, wurde sie in ein Auto gezerrt. Wahrscheinlich hat sie geschrien wie am Spieß, aber niemand hat etwas gehört. Außerdem war Richard nicht unbedingt ein schmales Handtuch. Er gehörte nicht zu den verweichlicht aussehenden Kinderschändern, die sich an die Kleinen heranmachen, weil sie Angst vor erwachsenen Frauen haben. Nein, im zarten Alter von zwanzig Jahren war Richard Umbrio eins fünfundneunzig groß und wog einhundert Kilo. Seine Nachbarn hatten sich schon angewöhnt, die Straßenseite zu wechseln, um bloß keinen Blickkontakt mit ihm aufnehmen zu müssen. Catherine hingegen wog vielleicht vierzig Kilo. Wie hätte sich ein kleines Mädchen wie sie gegen so einen Hünen wehren sollen? Ich kann dazu nur sagen, dass der Platz in der

Hölle bestimmt nicht für die vielen Dreckschweine reicht, die hier auf Erden herumlaufen.
Richard brachte sie in den Wald, nicht weit entfernt von seinem Haus, und versteckte sie in einem Erdloch, wo er sie nach Belieben besuchen konnte, ohne dass jemand etwas hörte. Sie bekam von ihm eine Kaffeedose als Toilette, einen Krug Wasser und einen Laib Brot. Mehr nicht. Keine Taschenlampe, keine Liege und auch keine Decke, um sich zu wärmen. Er hielt sie da unten wie ein Tier. Und fast einen Monat lang machte er mit ihr, was er wollte und wann immer es ihm in den Kram passte.
Man muss sich mal überlegen, was so ein systematischer Missbrauch in einem Kind anrichtet. Und man fragt sich, wie sie sich wohl gefühlt haben mag. Stundenlang allein in der Dunkelheit, und wenn sie doch einmal Gesellschaft bekam, war es die eines Serienvergewaltigers. Da gerät man beim bloßen Gedanken in Wut.«
Bobby sagte noch immer nichts. Doch er hatte den Kiefer vorgeschoben und die seitlich herabhängenden Hände zu Fäusten geballt. Außerdem hatte er den Verdacht, dass das Schlimmste erst noch kommen würde. Das hier war nur Vorspiel. Harris musste sich noch warmlaufen.
»Vielleicht hatte Catherine ja Glück, dass sie gefunden wurde«, sprach der Privatdetektiv weiter. »Vielleicht aber auch nicht. Wie kann ein Mensch so etwas verkraften? Ist es wirklich möglich, dass ein Mädchen all das einfach vergisst und wieder ein ganz normales Leben führt?«
Harris wartete einen Moment und fuhr dann fort: »Sobald Nathan geboren wurde, konnte Catherine nicht mehr schlafen. Jimmy ertappte sie dabei, dass sie im Haus umherirrte und panisch sämtliche Lichter anknipste. Wenn er sie zu Bett brachte, sprang sie sofort wieder auf. Wenn er die Lampen ausschaltete, machte

sie sie wieder an, einschließlich des Birnchens im Backofen. Und es waren nicht nur diese merkwürdigen Angewohnheiten. Wenn sie Nathan in den Arm nahm, hielt sie ihn steif vom Körper weggestreckt. Sie trug das immer lauter schreiende Baby herum wie eine Suppendose, für die sie keinen Platz zum Abstellen fand. Am dritten Tag traf Jimmy sie an, wie sie sich, ein Kissen in der Hand, über das Kinderbettchen beugte. Als er sie fragte, was sie da täte, erwiderte sie, Nathan habe ihr gesagt, er sei müde und müsse schlafen. In seinem Entsetzen rief Jimmy seine Eltern an. Die Gagnons kamen zu dem Schluss, dass man Catherine nicht mehr mit Nathan allein lassen dürfe, und machten sich auf die Suche nach einem Kindermädchen.

Nachdem das Kindermädchen im Haus war, beruhigte sich die Situation ein wenig. Das lag hauptsächlich daran, dass Catherine das Baby weggab, ohne es eines weiteren Blickes zu würdigen. Und zwar buchstäblich. Das Kindermädchen nahm den Kleinen, und Catherine machte sich auf den Weg in den nächsten Schönheitssalon. Wie Sie sich vorstellen können, war Jimmy ein wenig enttäuscht. Er hatte geglaubt, eine reizende junge Frau geheiratet, ja, sie sogar gerettet zu haben, und so belohnte sie nun seine Großzügigkeit. Sie ließ ihr Kind im Stich, reiste durch ganz Europa und trieb sich mit einer Horde von Kerlen herum, die sie ihre ›Jungs‹ nannte. Der Gerechtigkeit halber muss man hinzufügen, dass Jimmy auch nicht unbedingt das Sinnbild ehelicher Treue war. Aber als glückliches Paar konnte man die beiden beim besten Willen nicht bezeichnen.«

»Warum hat Jimmy sich dann nicht von ihr getrennt?«, fragte Bobby. »Oder hat es ihm zu viel Spaß gemacht, sie zu schlagen?«

»Aha, die berüchtigten Misshandlungen. Also haben Sie es auch schon gehört. Tja, es ist nicht weiter schwer, derartige Gerüchte in die Welt zu setzen. Zeigen Sie mir einen Polizeibericht, ein Bankschließfach mit Fotos oder zumindest einen Zeugen, der etwas gesehen hat. Geschichten zu erzählen ist einfach. Bleiben wir lieber bei den Fakten.«

»Fakt eins«, zählte Bobby an den Fingern ab. »Warum ist Jimmy nicht gegangen, wenn er so unglücklich war?«

»Ist er doch. Und da ist Nathan zum ersten Mal ›krank‹ geworden.«

»Was?«

»Sie haben ganz richtig verstanden. Jimmy hat versucht, Catherine zu verlassen, und daraufhin wurde Nathan aus heiterem Himmel krank. Catherine behauptete, es gehe ihm sehr schlecht. Er müsse untersucht werden, er brauche ärztliche Hilfe. Sie trommelte die besten Fachärzte zusammen, die man für Geld bekommen kann, und Jimmy kehrte sofort nach Hause zurück. Schließlich schwebte sein Sohn in Lebensgefahr. Wie konnte er sich in so einer Situation von seiner Frau trennen?

Bald bildete sich ein Muster heraus. Catherine wurde im Bett mit Jimmys Schneider ertappt, Jimmy geriet in Wut – und Nathan landete wieder im Krankenhaus. Eindeutig krank – Erbrechen, Fieber, Unterernährung –, bis Jimmy wieder kleine Brötchen buk. Darauf folgte Nathans wundersame Genesung. Wie Sie sich vorstellen können, waren James und Maryanne sehr besorgt. Das lag nicht nur daran, dass Jimmy völlig mit den Nerven am Ende war. Sie hatten auch große Angst um ihren Enkel.«

»Und so begannen sie, Catherine des Kindesmissbrauchs zu beschuldigen«, wandte Bobby ein, blieb stehen und blickte Harris in die Augen. »Können Sie diese Geschichte mit irgendwelchen Fakten untermauern, Harris? Nathans Arzt beharrt nämlich darauf, dass medizinische Gründe dahinter stecken.«

»Dr. Lancelot?« Harris stieß ein höhnisches Schnauben

aus und hielt ebenfalls an. »Richten Sie ihm Grüße an seine Frau und seine Kinder aus. Catherine hat den armen Burschen so um den Finger gewickelt, dass er behaupten würde, die Erde sei eine Scheibe, nur um sie glücklich zu machen. Vor sechs Monaten ist Jimmy dahinter gekommen, dass sie mit dem edlen Herrn Doktor schläft. Daraufhin hat er mich hinzugezogen. Ich sollte Catherine überwachen und herausfinden, was wirklich mit Nathan los ist. Nötigenfalls sollte ich Nathan Gagnon sogar beschützen. Jimmy hatte nämlich endgültig die Nase voll. Vor einem halben Jahr hat er angefangen, konkrete Scheidungspläne zu schmieden.«

Sie hatten eine Straßenecke erreicht. Der Verkehr hatte zugenommen, und es war ziemlich laut. Doch plötzlich spielte das keine Rolle mehr, denn Bobby wusste auf einmal genau, was Harris als Nächstes sagen würde.

»James und Maryanne hatten Recht mit ihrem Verdacht«, fuhr Harris mit leiser Stimme fort. »Leider aber hatten sie dabei Catherines Gerissenheit unterschätzt. Sie richteten ihr gesamtes Augenmerk auf Nathan und vergaßen dabei den armen Jimmy. Am Dienstagmorgen reichte Jimmy Gagnon offiziell die Scheidung von Catherine Gagnon ein. Und etwa sechzig Stunden später war er tot. Und jetzt beantworten Sie mir eine Frage, Officer: War das wirklich nur Zufall? Haben Sie am Donnerstagabend ferngesehen, Officer Dodge? In einer Nachrichtenmeldung hieß es, die Bostoner Polizei sei bereits zu einem Einsatz gerufen worden. Dabei handelte es sich um eben die Polizeibeamten, die Jimmy und Catherine kannten und die Situation deshalb ein wenig feinfühliger behandelt hätten. Jetzt überlege ich mir, ob Catherine diese Nachrichtenmeldung auch gesehen hat.«

»Trotzdem konnte sie nicht ahnen, dass Jimmy betrunken nach Hause kommen, in Wut geraten und sie mit der Pistole bedrohen würde ...«

»Wirklich nicht? Die meisten Frauen wissen doch ganz genau, wie sie ihren Mann auf die Palme bringen und so lange gegen ihn sticheln können, bis er rot sieht. Bestimmt haben Sie so etwas auch schon erlebt, Officer Dodge. Jede Frau schafft es, ihren Mann bis aufs Blut zu reizen.«

Harris warf ihm einen vielsagenden Blick zu. Diesmal platzte Bobby nicht sofort mit einer Antwort heraus.

»Sie wird Sie wieder anrufen«, verkündete Harris. »Und Ihnen mitteilen, ihr Sohn sei sterbenskrank und Sie seien ihre letzte Hoffnung. Dann wird sie Sie anflehen, ihr zu helfen. Das hat bei ihr Methode, Officer Dodge, und so zerstört sie Männern das Leben.«

»Trauen Sie ihr allen Ernstes zu, ihr eigenes Kind zu töten, um sich an ihrem Mann zu rächen?«

Harris zuckte nur die Schultern. »Männer mögen gewalttätig sein, Officer Dodge, aber sehen wir den Tatsachen ins Auge – Frauen sind grausam.«

11

Der Mann saß an einem Tisch eines Straßencafés an der Faneuil Hall, blickte finster in seinen doppelten Mokka mit aufgeschäumter Milch und betrachtete dann seine Umgebung. Was zum Teufel war nur aus dieser Gegend geworden? Die Faneuil Hall, an die er sich erinnerte, hatte reizende kleine Boutiquen, alte Irish Pubs und viele Läden mit kitschigen Souvenirs beherbergt. Doch nun gab es hier The Disney Store, Gap und Ann Taylor. Aus der historischen Markthalle war ein albernes Einkaufszentrum geworden, das besser in eine langweilige Vorstadt gepasst hätte. So viel zum Thema Fortschritt.

Der Mann schnaubte verächtlich, kostete seinen doppelten Mokka mit Milch und verzog prompt das Gesicht. Und das, obwohl er sich nun schon seit zehn Jahren darauf freute, endlich dieses Getränk zu probieren. Bis heute hatte er nur im Fernsehen zuschauen dürfen, wie die Serienhelden, Rockstars und Filmschauspielerinnen in schicken kleinen Cafés herumlungerten und sich an einem doppelten Sojairgendwas oder einem großen fettfreien Mokkafragmichnicht labten. Sie trugen enge Kleidung, schlürften ein mit reichlich Koffein versetztes Gebräu und brausten dann in ihrem Eddie-Bauer-Geländewagen, eine Jennifer-Aniston-Kopie an ihrer Seite und einen hechelnden Golden Retriever auf dem Rücksitz, davon. Willkommen im amerikanischen Traum.

Nun, so viele mit sehnsüchtigem Warten verbrachte Jahre später, hatte der Mann seine Antwort: Ein doppelter Mokka mit aufgeschäumter Milch schmeckte nur unwesentlich besser als Katzenpisse. Er hatte keine Bilder von Geländewagen, Fußballspielen oder makellos gepflegten Rasenflächen vor Augen, sondern fragte sich nur, wie er sich bloß so über den Tisch ziehen lassen und eine derartige Unsumme für diese abscheulich schmeckende Brühe hatte bezahlen können. Er spielte mit dem Gedanken, zur Theke zurückzukehren. Dort würde er sich direkt vor der schwarzhaarigen Kassiererin mit den zahlreichen Gesichtspiercings und der blasierten Miene aufbauen, ohne ein Wort zu sagen. Er würde einfach nur dastehen und sie anstarren. In spätestens sechzig Sekunden würde sie ihm sein Geld zurückgeben. Dann würde sie zur Hintertür hinauseilen, um sich eine dringend benötigte Zigarette zu gönnen, ziemlich verstört, ohne wirklich zu wissen, warum.

Das war der Moment, in dem er gerne ihr Gesicht sehen würde, denn im vergangenen Vierteljahrhundert hatte ihm eines ganz besonders gefehlt: der Anblick eines Mädchengesichts, in dem Angst stand. Von geweiteten Augen und Pupillen, die sich verdunkelten, während die Haut eine aschfahle Färbung annahm. Und dann der köstlich erregende Moment, wenn sich der wahre Schrecken in ihren Zügen ausbreitete und ihr klar wurde, dass es hier um mehr ging als nur um ein unbestimmtes Gefühl der Bedrohung. Wenn sie begriff, dass er sie tatsächlich töten würde. Dass sie nun ihm gehörte und ihm hilflos ausgeliefert war.

Der Mann war achttausenddreihundertunddreiundsechzig Tage eingesperrt gewesen. Mit gerade einmal zwanzig Jahren war er hinter Gittern gelandet. Ja, er war ein Hüne, außergewöhnlich stark und, wie seine Nachbarn vor Gericht ausgesagt hatten, »beängstigend und seltsam« gewesen. Aber dennoch nur ein Junge.

Und nun, vor nur wenigen Stunden, war er im hohen Alter von vierundvierzig Jahren wieder offiziell Zivilist geworden. Wie er wusste, ging der Bewährungsausschuss davon aus, dass ihn die Jahre ruhiger gemacht hatten. Ebenso wie man glaubte, die hinter Betonmauern produktiv verbrachte Zeit hätte ihn von seinen niederen Instinkten befreit. Nach fast fünfundzwanzig Jahren Haft sei er doch sicherlich ein braver Junge geworden. Er dachte darüber nach. Nein. Offen gestanden hatte er große Lust, jemanden umzubringen.

Zwei Mädchen schlenderten vorbei. Achtzehn, neunzehn Jahre alt. Eine der beiden bemerkte, dass er sie ansah, zeigte ihm den Stinkefinger und wackelte im Vorbeigehen kurz mit dem Hinterteil. Ihre Jeans saßen so tief und so eng, dass sie aussahen wie auf ihren Po aufgemalt. Der Mann murmelte leise ein einziges Wort, worauf das Mädchen den Schritt beschleunigte und seine überraschte Freundin mitzog. Schmunzelnd ließ der Mann sie gehen. Es entschädigte ihn fast für den schlechten Kaffee.

Seinen Aufenthalt in Walpole hatte er in Schutzhaft begonnen, in der Zelle für »Spitzel und Kinderschänder«, einem an ein Wohnheimzimmer erinnernden Raum der mittleren Sicherheitsstufe mit zwei Betten. »Bauen Sie bloß keinen Mist«, hatte sein Pflichtverteidiger ihn streng ermahnt. »Ein Typ wie Sie kann es gar nicht besser treffen.«

In der ersten Nacht hatte sich sein Zellengenosse in einer Ecke zusammengekauert und ihn angefleht, ihn nicht zu vergewaltigen. Angewidert hatte er das schluchzende Häufchen Elend betrachtet. Er trieb es doch nicht mit Kerlen!

In der zweiten Nacht hatte der Zellengenosse dann zu weinen angefangen. Daraufhin hatte er seinen niederen Instinkten nachgegeben und den kleinen Stinker bewusstlos geprügelt. Endlich war Ruhe gewesen. Allerdings hatte es ihm eine Disziplinarstrafe eingebracht. Und einen guten Ruf.

Damals wusste er es noch nicht, aber die Falken beobachteten ihn schon, und die Gefängnis-Gerüchteküche machte Überstunden. Nach dem gewalttätigen Übergriff wurde er in den allgemeinen Vollzug verlegt, und das wirkliche Abenteuer begann. Als Weißer hatte man im Gefängnis zwei Möglichkeiten: Entweder trat man der arischen Bruderschaft bei, um sich gegen die Schwarzen und die Latinos zu schützen, oder man fand zu Gott. Allerdings konnte man sich in den Betonmauern von Walpole nicht unbedingt auf Gottes Hilfe verlassen. Und so wurde aus dem Jungen ein Neonazi.

Er lernte viel. Zum Beispiel, wie man Löcher in die Rigipswand seiner Zelle bohrte und sie mit einer Mischung aus Zahnpasta und Modellbaulack wieder verschloss, um Drogen zu verstecken. Wie man Zigaretten, Kokain, Heroin oder was auch immer in aufgekrempelten Hosenbeinen transportierte. Wie man Rasierklingen am Eisengestell des Bettes oder im Toilettenspülkasten so anbrachte, dass unerfahrene Wachbeamte sich die Finger daran zerschnitten.

Wie man inmitten von schmutzigen, ungepflegten und zornigen Männern überlebte. Wie man vor Zuschauern pinkelte. Wie man vor Zuschauern schiss. Wie man im Halbschlaf unterschied, bei welchem Geschrei man aufstehen musste und bei welchem man besser liegen blieb. Wie man einen qualvollen Tag nach dem anderen in stickiger Klimaanlagenluft überstand, die nach Urin und Glasreiniger stank.

Aber er lernte nicht schnell genug. Sie erwischten ihn im zweiten Jahr. Die Boston Red Sox versuchten gerade, die World Series zu gewinnen, und das Wachpersonal saß gebannt vor dem Fernseher. Die Latinos erschienen aus dem Nichts und vermöbelten ihn ordentlich. Die Wachen hatten angeblich nichts gesehen. Ebenso wie seine beiden Kumpane von den Neonazis, die den Blick keinen Moment vom Bildschirm abwendeten.

Er war groß. Er war stark. Und er war bösartig. Es gelang ihm, einigen der Angreifer Rippen, Nasenbeine und Handgelenke zu brechen. Dann jedoch traf einer mit einem selbst gebastelten Messer seine Niere, sodass er umkippte wie ein angeschossenes Rhinozeros. Sie ließen ihn zum Verbluten auf dem Fußboden liegen.

Erst dann erschien einer seiner weißen Brüder. »Kinderficker«, zischte der Neonazi und spuckte ihm ins Gesicht.

Noch als er verkrümmt auf dem Betonboden lag, während sich eine Blutlache um sein Gesicht bildete, begann er, Pläne zu schmieden.

Die Gefängnisverwaltung war nicht dumm. Eine Zurückverlegung in den allgemeinen Vollzug hätte sein Todesurteil bedeutet. In Schutzhaft war er jedoch eine Gefahr für seinen Zellengenossen. Was also tun?

Deshalb steckte man ihn als letzte Möglichkeit in Einzelhaft. Er brauchte nur eine Woche, um herauszufinden, dass der Schwachkopf von einem Anwalt Recht gehabt hatte: Eine Unterbringung in der mittleren Sicherheitsstufe war das Beste, was einem Kerl wie ihm passieren konnte.

Nun musste er seine Zeit allein in einer eins achtzig mal zwei Meter großen Zelle totschlagen. Eine Stunde täglich durfte er hinaus, um sich in einem eingezäunten Hof von der Größe eines Hundezwingers die Beine zu vertreten oder sich der Körperpflege zu widmen. Durch ein rechteckiges Fenster, etwa so groß wie sein Gesicht, konnte er zusehen, wie sich die zuvor grünen Blätter golden und schließlich braun verfärbten. Er beobachtete, wie die belaubten Bäume kahl wurden und wie sich Schnee auf ihren Ästen sammelte. Die Jahreszeiten schleppten sich qualvoll langsam dahin, Monat um Monat, Jahr um Jahr.

Das einzige, worauf er sich noch freuen konnte, war, irgendwann den Posten eines »Läufers« zu ergattern, eines Häftlings, der für die Sauberkeit im Zellenblock zuständig war und dafür eine ein bisschen größere Zelle bekam. Ja, es war wirklich ein vor Aufregung prickelndes Leben, in dem die größte Abwechslung darin bestand, den Fernseher einzuschalten und Britney Spears anzuglotzen.

So viel Zeit. Zum Herumsitzen. Zum Grübeln. Zum Pläneschmieden.

In Gefängnissen ging es ausschließlich um Macht. Und Macht hatte etwas mit Geld zu tun. Er war verhasst und gefürchtet. Nun übte er sich in Geduld. Er hortete Zigaretten und häufte ein kleines Vermögen an. Dann wartete er darauf, dass ein neues Gesicht in die Betonmauern einzog. Ein Mensch, der sich weniger für seine Vergangenheit als für die eigene Zukunft interessierte.

Es dauerte acht Jahre. Der Glückspilz war ein junger Bursche, nicht viel älter als der Mann es zu Anfang gewesen war. Allerdings war dieser Junge mager und hatte ein pickeliges Gesicht. Wie sich herausstellte, hatte er unanständige Filme gedreht, in denen die kleinen Mädchen aus der Kindertagesstätte seiner Mutter die Hauptrolle spielten. Der Junge wanderte sofort in Schutzhaft, wo er jede Nacht verängstigt in die Dunkelheit starrte und auf den schwarzen Mann wartete, denn er wusste, dass er keine Chance hatte.

Der Mann schnappte ihn sich zuerst. Er steckte einem Wachmann ein wenig Geld zu, worauf dieser dem Jungen einen Brief des Mannes mit der Unterschrift »Mr Bosu« überbrachte. Ein paar Geldscheine und Briefe später war der Junge zu jeder Schandtat bereit. Mr Bosu hatte ihn überzeugt. Wenn der Junge überleben wollte, musste er zuerst und mit voller Kraft zuschlagen. Er musste sich jetzt, in den ersten Wochen, einen Ruf verschaffen, damit die anderen ihn in Ruhe ließen.

Der Junge war leicht zu überreden. Und Mr Bosu war so nett, ihm weitere Ratschläge zu geben. Wie man ein Messer anfertigte. Wie man es versteckte. Wie man das geschärfte Stück Metall schnell zückte und den Gegner überrumpelte. Und, ja, natürlich, wie man sich einen Gegner aussuchte.

Der Mann hatte nicht viel für Latinos übrig. Zum Teufel mit diesen Typen, die Weiße zum bloßen Vergnügen umlegten. Mr Bosu hatte ein größeres Stück Beute ausgespäht.

Es geschah an einem Donnerstag. In der Kantine. Der Pornojunge verteilte das Essen an die übrigen Insassen des Hochsicherheitstrakts. Schließlich stellten sich die beiden fraglichen Weißen in die Schlange. Der Junge bat sie, zu warten, weil er neues Essen holen müsse, und niemand achtete auf ihn, als er die Theke umrundete.

Den ersten Neonazi legte er um, ohne dass dieser auch nur einen Mucks von sich gab. Dem zweiten gelang es gerade noch, verdattert sein Tablett zu heben, als ihm der Junge schon an die Gurgel ging.

Der Mann erfuhr später, wie es gelaufen war. Der Junge, der im Höchstfall fünfundsiebzig Kilo wog, habe erstaunliche Kräfte entwickelt. Wie ein Klammeraffe habe er die beiden weißen Rassisten mit gefletschten Zähnen und weit aufgerissenen Augen angesprungen und mit dem Messer auf ihre Hälse eingestochen. Das Blut aus der Arterie sei fast drei Meter weit gespritzt. Die Kameraden, die bereits am Tisch gesessen hätten, hätten nicht gewusst, ob das Rote auf ihren Hemden von den beiden zappelnden Kerlen oder von der Tomatensauce auf ihren zu weich gekochten Spaghetti stammte.

Die Hölle brach los, als die Neonazi-Kumpel der zwei aufsprangen und sich – verblödete Neandertaler, die sie nun einmal waren – auf den nächstbesten Latino stürzten anstatt auf den bewaffneten Jungen, der immer noch auf ihre Bandenbrüder einhackte.

Sich mit dicken Matratzen schützend, stürmte das Wachpersonal die Kantine und schoss jedem in die Knie, der so dumm war, aufzustehen. Alle Türen verriegelten sich automatisch, und Sirenen heulten, während der Junge mitten in dem Gemetzel stand, das Messer in der blutigen Faust schwenkte und kreischte: »Also, ihr Arschlöcher, wagt es bloß nicht, mich anzufassen!«

Ein triumphaler Augenblick, dachte der Mann, gleichzeitig erschrocken und positiv überrascht von seinem Schüler. Natürlich verschwand der Junge zwei Tage später. Jede Menge Blut in der Wäscherei, aber nirgendwo eine Leiche. Lasst lieber die Finger vom Hackbraten, lautete die Parole.

Daraufhin setzte der Staat eine Arbeitsgruppe zur Untersuchung der »Bandenproblematik« in diesem Gefängnis ein, und der Direktor der Haftanstalt führte allen Sträflingen ein Video zum Thema »Rasse und Toleranz« vor. »Hier geht es wirklich um dich persönlich, nicht um deine Rasse«, betonte anschließend jeder, bevor er einen Mithäftling krankenhausreif prügelte.

Der Mann genoss einige Tage die Hochstimmung, bevor er sich wieder der aufregenden Alltagsbeschäftigung zuwandte, der Farbe beim Trocknen zuzusehen.

Allerdings wurde inzwischen über den geheimnisvollen Mr Bosu getuschelt. Offenbar hatte er Freunde und Beziehungen. Zwar wusste niemand so genau, wer dieser Mr Bosu war, aber anscheinend verfügte er auch hinter Gittern über beträchtlichen Einfluss.

Der Mann war zufrieden. Aus den düsteren Gemäuern der Einzelhaft heraus hatte er etwas Großes vollbracht – für seine Mitgefangenen war er nun der schwarze Mann.

Nun war der Mann, während er täglich seine Runden um den Hof joggte, Liegestützen, Klimmzüge, Rumpfbeugen und Kniebeugen machte, sicher, dass es für ihn ein Leben nach der Haft gab. Er würde freikommen und in die Welt zurückkehren. Härter, schlauer und unbesiegbarer als je zuvor.

Und es würde ein tolles Leben werden.

Damals war er ein Junge gewesen und hatte seinen Impulsen gehorcht. Dabei waren ihm Fehler unterlaufen. Heute war er ein Mann. Er war mit allen Wassern gewaschen. Er wusste, wann man sich besser in Geduld übte. Und er kannte das Rechtsystem wie seine Westentasche.

Für den ruhmreichen Mr Bosu kam ein Job bei McDonald's überhaupt nicht in Frage. Er würde sich nicht krumm schuften, Tag für Tag an einem schlecht bezahlten Arbeitsplatz erscheinen und auch noch dankbar dafür sein, dass jemand einem entlassenen Strafgefangenen wie ihm überhaupt eine Chance gab.

Er hatte seine Zeit abgesessen. Und er hatte nicht vor, wieder ins Gefängnis zu gehen.

O nein, da hatte er ganz andere Pläne. Seine berufliche Zukunft stand bereits ganz genau fest. Er hatte sich alles gründlich überlegt, und zwar schon bevor Wohltäter X, dem er seine pünktliche Entlassung auf Bewährung verdankte, sich mit ihm in Verbindung gesetzt und ihm eine Liste von Erledigungen aufgetragen hatte.

Mr Bosu würde eine ordentliche Stange Geld verdienen. Und zwar, indem er das tat, was er am besten beherrschte: willkürlich töten.

Der Mann schmunzelte. Dann knüllte er den Pappbecher, in dem sein Kaffee gewesen war, mit einer Faust zusammen und stand auf. Nun drehten sich die Leute um. Sie starrten ihn an. Und wandten sich rasch wieder ab.

Vor fünfundzwanzig Jahren hatte Mr Bosu einen Fehler gemacht. Er hatte sie am Leben gelassen.

So etwas würde ihm nicht wieder passieren.

12

Catherine fuhr zu ihrem Vater. Es dämmerte schon, und ein weiterer Tag starb einen frühen Wintertod. Sie war müde und erschöpft bis ins Mark, sodass sie das Lenkrad zu fest umfasste und unruhig auf ihrem Sitz herumrutschte. Jimmy hatte sie immer damit aufgezogen, sie sei eine entsetzliche Fahrerin und würde auf einer langen Strecke vermutlich noch vor der ersten Rast einschlafen und sich umbringen.

Als sie jetzt an ihn dachte, durchzuckte sie tief in ihrem Innersten ein scharfer Schmerz. Wie lange war es her, dass sie ein freundliches Wort miteinander gewechselt hatten? Seit wie vielen Jahren hatten sie nicht einmal mehr so getan, als liebten sie sich? Vermutlich spielte das keine Rolle. Er war eine feste Größe in ihrem Leben gewesen, und nun vermisste sie ihn, wie andere Menschen amputierte Gliedmaßen vermissten. Früher war sie intakt gewesen, nun fühlte sie sich auf merkwürdige Weise unvollständig.

Sie erreichte das Stadtviertel, in dem ihr Vater wohnte. Ihr Stadtviertel. Ihre Eltern hatten das Haus gekauft, als sie fünf gewesen war. Das anderthalbgeschossige Gebäude im Ranchhausstil stand auf tausend Quadratmetern Grund zwischen anderen bescheidenen Häusern auf bescheidenen Grundstücken. Im Laufe der Jahre hatte sich kaum etwas verändert. Ihr Vater strich die Fassade weiter weiß und die Fensterläden rot. Am Dienstag kam die Müllabfuhr. Am Samstag erledigten die Nachbarn ihre Gartenarbeit. Und jeden Mittwochabend traf sich ihr Vater mit den McGlashans und den